ゾンビ世界で俺は最強だけど、この子には勝てない

[著] 岩波零
[イラスト] TwinBox

ゾンビ世界で
俺は最強だけど、
この子には勝てない

岩波 零

MF文庫J

口絵・本文イラスト●TwinBox

それはもうすぐ夏が終わる、9月のよく晴れた日のことだった。

3階の教室から見える空の透明度は高く、俺は数学教師の話を右から左に聞き流しながら、今日はなんだかいいことがありそうだと思っていた。

すると校庭の方から突然、同級生の雄叫《おたけ》びが聞こえてきた。腹の奥底に響くような、低い咆吼《ほうこう》だった。

やけに切羽《せっぱ》詰まった感じだが、どこかのクラスが体育でふざけているんだろう。授業が数秒中断されたものの、そこまで気に留めることはなかった。

しかし、響き渡る喚《わめ》き声《ごえ》の数はどんどん増えていった。さすがに不審に思い、様子を見るために数人がベランダに出ていって、悲鳴を上げた。

みんなが興味を惹《ひ》かれ、ベランダに出ていく。俺もついていって階下を見ると——

白い砂の上に血溜《ちだ》まりがいくつもできており、ジャージ姿の男子が何人も倒れていた。

その瞬間、さっきまでの雄叫びが断末魔の叫びだったとわかり、総毛立つ。

「不審者が侵入したのかもしれない。危険だから、教室から出ないように」

数学教師はそう指示した後、小走りで1階に向かった。

俺たちは恐怖に戦《おのの》きながら、校庭の様子を窺《うかが》う。すると、倒れていた同級生たちが立ち上がり、ふらふらと校舎に向かって歩き出した。

「よかった、無事だったんだ」「いや、あれだけ出血してたらヤバいでしょ」「もしかして、

「誰かのイタズラなんじゃ？」「悪ふざけにしてはやりすぎだろ」「何かの撮影とか？」

各々《おのおの》が思いつきの推理を口にしながら、数学教師が戻ってくるのを待つことになった。

だがそこでクラスメイトの1人が、ニュースサイトがおかしくなっていると言い出した。自分のスマホで見てみると、どの見出しにも『ゾンビ』という3文字が含まれており、日本中で未曾有《みぞう》の災害が起きていると伝えていた。

半信半疑ながらも、何人かが警察への通報を試みる。しかし、誰も繋《つな》がらなかった。

そこからは地獄だった。パニックになって泣き叫ぶ者、武器になりそうなものを独占しようとする者。さっきまで笑い合っていたクラスメイトたちが言い争う中、廊下側の窓ガラスの向こうに、複数のゾンビがいることに気づいた。

灰色に染まった肌。どこを見ているのかわからない白濁した瞳。半開きの口からは、唾液が垂れ流しになっている。

明らかにこの世のものではない化け物たちがドアに群がり、教室に入って来ようとしている。

クラスメイトたちは、我先にとベランダに飛び出していった。

俺も続こうとしたが、ベランダはすでに人で溢《あふ》れかえっていた。パニックになっているのは他のクラスも同じで、逃げ場を失った同級生たちが殺到したのだ。

直後、教室のドアが破壊され、ゾンビがなだれ込んできた。一部のクラスメイトは退路を求めて廊下に飛び出していったので、俺はそっちに続くことにした。

校舎内はすでにゾンビだらけだった。近くを走るクラスメイトが次々捕まり、食われていく中、俺は一心不乱に階段を駆け下りる。

酸欠で肺が潰れそうだったが、止《と》まったら死ぬという恐怖によって、走り続けられた。

結局、高校の敷地から出られたのは、俺1人だけだった。

しかし、学校の外も地獄と化していた。そこら中で事故や火災が起きており、あらゆるものが黒煙を上げながら燃えている。

何なんだこれは……。悪夢を見ているとしか考えられない……。

あまりのことに立っていられなくなり、近くの茂みに倒れ込んだ。この数分で起きたことを冷静に思い返してみるが、どれも現実のものとは思えなかった。

しばらく呆然《ぼうぜん》としていたが、どれだけ時間が経《た》っても、状況は何一つ変わらない。目が覚める気配はないし、誰かが校舎から脱出してくることもない。

とにかく、いつまでもここにいるわけにはいかない。まずは祖父と祖母がいる自宅に電話をかけようとしたが、そこでスマホが圏外になっていることに気づいた。みんなが一斉に安否確認の連絡をして、サーバーがダウンしたのだろうか……?

思わず道路に叩《たた》きつけそうになったが、何とか踏みとどまる。もしかしたら電波が復活するかもしれないのだから。

とはいえ現状、助けを呼ぶ方法はない。自力でなんとかしなければ……。

俺は決心し、自宅に向かって歩き始めた。

当然電車は使えないし、道でゾンビと遭遇することも多かった。ヤツらは足が遅いので逃げ切れたが、俺の体力は消耗していき、帰宅までに5時間以上を要した。

命からがら家に入ると、リビングからテレビの音が聞こえてきた。玄関には母親の革靴があり、会社から帰ってきているんだと思った。

ゾンビが入ってこないよう鍵をかけ、リビングに行くと、母親と祖父と祖母はこちらに背を向けて立っていた。３人に呼びかける。

よろよろと振り向いた３人は、全員ゾンビだった。

濁った両目、だらしなく開いた口。もう３人は、俺の知っている３人ではなかった。

思考停止して動けなくなった俺を、獲物だと判断したのだろう。家族だったものたちが、捕食しようと向かってくる。

すぐに正気を取り戻して逃げ出したが、玄関で鍵を開けるのに手間取り、３人のうち誰かに右手を噛《か》まれた。

追撃を振り払い、外に飛び出した。そのまま振り返らずに走り続ける。

もしかしたら、今噛まれたのは浅くてセーフかもしれない。そんな考えが頭をよぎったが、怖くて傷口を見ることはできなかった。

1日目

この住宅街に吹く風は、血の臭いを纏《まと》っている。

もはや悲鳴を上げる人はいない。聞こえてくるのはゾンビの呻《うめ》き声《ごえ》ばかりだ。

恐る恐る右手の傷口を見る。小指の付け根を噛まれたのだが、周囲が灰色に変色し、小指と薬指がうまく曲がらない。

全身に倦怠感《けんたいかん》があり、体が刻々と死に近づいているのを感じる。もうすぐ俺も醜い化け物になり、獲物を求めて徘徊《はいかい》し始めるのだろう……。

自暴自棄になり、大通りに足を踏み入れた。そこら中にいるゾンビが、一斉にこちらを見る。だが、灰色に染まった右手を掲げると、途端に興味を失った。どうやら、ゾンビになりかけている人間は襲わないようだ。

今の俺なら、この世界を自由に歩き回れるのか——そんなことを考えた自分を、思わずあざ笑う。この上なく意味のない発見だった。

当てもなく前進していると、子どもの頃によく遊んだ河辺にたどり着いた。周囲にゾンビの姿はない。

雑草に覆われた斜面に倒れ込み、眼前の澱《よど》んだ河をぼんやり眺める。これが最期に見る光景になるわけか……。

噛《か》まれてから結構時間が経《た》つ。もうそろそろだろう。覚悟を決めなければ。

――嫌だ。死にたくない。

覚悟なんかできるわけがない。自分という存在がなくなるなんて、絶対に嫌だ。

死んだ後、俺の意識はどうなるのか。考えれば考えるほど恐ろしくなってくる……。

数分後の未来を想像して打ちひしがれていると、何者かの足音が近づいてきた。しかし、今さらゾンビなんて珍しくもないし、確認するまでもない。

俺を食いたいなら、噛みついてくるがいい――


「……もしかして、幸坂優真《こうさかゆうま》さんですか……？」

絶望に飲み込まれている最中、澄んだ美しい声で名前を呼ばれた。

驚いて顔を上げると、そこには女子高の制服を着た、黒髪の女性が立っていた。

「そうですけど……」

「よかった……!!　先輩が生きてた……!!」

その女性は安堵《あんど》の笑みを浮かべ、目を潤ませる。

さっきまで灰色だった景色《けしき》が、そこだけ色づいたように感じた。

「……えっと、君は？」

「日向晴夏《ひゅうがはるか》です！」

「日向晴夏って……拓也《たくや》の妹さん？」

「はい！」

日向さんは涙をぬぐい、雲一つない青空のような笑みを浮かべた。それに釣られて、こっちまで笑顔になってしまう。

まさか最期に、小学校時代の友だちの妹に巡り会うとは。

「うわー、久しぶりだなー。会うのは5年振りくらいか？　よく俺のことがわかったな」

「先輩は毎日のように家に来ていましたからね。むしろわたしを忘れていたことに驚いていますよ」

「だって、あの頃はまだお互い小学生だっただろ。今は高校1年？　見違えたよ」

「ふふっ。ありがとうございます」

日向さんは微笑《ほほえ》みながら、こちらに歩み寄ってこようとする。

そこで不意に、我に返った。

「——止《と》まれ！　俺に近づくな！」

「えっ……先輩……?」

「……俺、さっきゾンビに噛《か》まれたんだ……」

「──っ!?」

日向さんは絶句し、目を見開いた。

「そういうわけだから、近くにいるのは危険だ。今すぐここから離れろ」

「そ、そんな……」

「……嫌です」

日向さんはそう言い放ち、俺の右隣に腰を下ろそうとしてきた。思わず飛《と》び退《の》く。

「おい！　近づくなって！」

──だが、大声で叱咤《しった》した直後、日向さんの目に涙が溜《た》まっていることに気づいた。

「わたし、もっと先輩とお話ししたいです……。先輩がゾンビになるまで、一緒にいさせてください……」

懇願する日向さんの瞳から涙が溢《あふ》れ、頬《ほお》を伝い落ちた。

「もうすぐゾンビになる俺が、怖くないのか……?」

「……先輩は、1人でゾンビになるの、怖くないんですか?」

そう問われ、言葉に詰まる。

怖くないなんて、言えなかった。

「わたしには何もできません。でもせめて、先輩が死んでしまうまで、隣にいさせてほしいんです」

その瞬間、俺まで泣きそうになった。

そんな危険なことをさせるわけにはいかない。今すぐ日向《ひゅうが》さんから離れなければ——

それはわかっているのだが、彼女が隣にいてくれることを、ありがたいと思ってしまった。

この厚意に甘えられたら、どんなに幸せだろうか。

「……いや、ダメだ。気持ちは嬉《うれ》しいけど、危険すぎる」

「あっ、いえ、違うんです。……恩着せがましいことを言いましたが、ここに残るのは、9割以上わたしのためなんです。さすがに疲れて、もう無理そうというか……」

そう語る様子から、俺はすべてを察した。

「日向さんの学校にも、ゾンビが？」

「はい……友だちはみんな噛《か》まれました……。わたしだけは学校を脱出できて、自宅の様子を見てきたんですけど、誰もいなくて……。スマホは圏外だし……」

「そっか……」

日向さんの気持ちは、痛いほどよくわかった。突然日常が瓦解《がかい》し、すべてを失った喪失感は筆舌に尽くしがたい。生きる気力を失ったとしても、おかしくはないだろう。

「これからどうすればいいのかわからなすぎてトボトボ歩いていたら、先輩を見つけたんです。誰かと話したい気分だったので、助かりました」

「もしかして日向さん、俺がゾンビになったら噛まれようって考えてないか？」

「そこまで投げやりになってないので、大丈夫です。……でも、もう少し先輩の近くで休ませてもらえると、嬉しいです」

「……わかった。それじゃあ日向さんに看取《みと》ってもらうことにするよ」

俺はそう言って、さっきの場所に座り直した。

日向さんはこれから、この過酷な世界を1人で生きていかなければならないのだ。せめて、話をして落ち着かせるくらいのことはしてあげたい。

日向さんはすぐ横に腰を下ろし、こっちを見る。

その瞬間、昔この河原《かわら》で2人で過ごした光景がフラッシュバックした。

「……そういえば日向さんって、けっこうワガママで、一度言い出したら聞かなかったよな」

「っ！　あの頃のこと、ちゃんと思い出してくれたんですか？」

「ああ。拓也《たくや》と喧嘩《けんか》して家を飛び出した日向さんと、よくこの辺で遭遇したなーと思ってさ」

「そんなこともありましたねー。この河原で待っていると、必ず先輩が見つけてくれたんですよね」

「ここ、俺の家と日向《ひゅうが》さんの家のちょうど中間だから、絶対通るんだよな」

「先輩に2人きりで愚痴を聞いてほしい時は、いつもここで待っていました」

「えっ、そうだったの？　毎回ただの偶然だと思ってた……」

「そんなわけないじゃないですか。わたしは家出したと見せかけて、ずっと先輩のことを待っていたんですよ」

日向さんはそう言って、照れくさそうに笑う。

「ちなみに、わたしたちが最初に出会った日のこと、覚えてますか？」

「アレだろ？　みんなでレースゲームしてたら、日向さんが自分もやりたいって割り込んできたんだ。４人プレイなのに５人でやることになったから、毎回ビリだった人が抜ける約束になって……。でも日向さんは絶対コントローラーを離さなかった」

「そうそう。お兄《にい》ちゃんは本気で怒ってたけど、先輩が仲裁してくれて。わたしがビリだった時、代わりに抜けてくれたんですよ」

「あれ以来、何かあるとまず俺に相談してきたよな。拓也《たくや》のマンガにオレンジジュースをこぼした時とか」

「懐かしい！　解決方法が思いつかないから証拠隠滅しようってことになって、一緒に庭に埋めましたよね」

「今思うとアレ、普通に燃えるゴミに出せば良かったのでは？」

「間違いないですね。でもわたしが見張り役を任されて、先輩がスコップで穴を掘っている間ずっとドキドキしていたのは、いい思い出です」

「アレってまだ庭に埋まってるの？」

「たぶんそうだと思います。家に帰ったら掘り返してみますね」

「タイムカプセルみたいだな」

「ふふっ。誰もいない家には帰りたくないって思っていたんですが、ちょっと怖くなくなりました」

「きっとご家族は全員無事だよ。だから俺のことは気にせず、絶対に生き抜くんだ。会話が成立しなくなった瞬間にゾンビになったと判断して逃げてくれ」

「先輩は優しいですね。こんな時でもわたしの心配をしてくれて……。

わかりました。それじゃあ先輩がゾンビになった時にすぐわかるよう、絶え間なく話し続けまないとですね。これが先輩の人生最後の会話になるわけですし、わたしの責任重大です」

　日向さんはそう言って、両手を握りしめた。

　その姿を見て、思わず微笑《ほほえ》んでしまう。日向さんは今、俺のために全力を尽くそうとしてくれている。その優しさがたまらなく嬉《うれ》しかった。

まさか死を目前にして、こんなに温かい気持ちになれるなんて……。

日向《ひゅうが》さんと一緒にいるだけで、たくさんの希望をもらえる。

だが同時に、話せば話すほど、死にたくないという思いが強まっていく。それが辛《つら》くもあった。

もちろん、そんな心情は表に出さず、なるべく平然と話を続ける。

「人生最後の会話と言われると、途端に何を話せばいいのかわからなくなるな」

「では、普通の雑談っぽく話を振りますね。先輩、わたしと会っていない5年間はどんな感じでしたか？」

「5年間を一言でまとめるのは難しいが……別に普通だったかな。そこそこ楽しかったけど、そこそこ大変だったというか」

「なるほど、なるほど。……ちなみに、彼女ができたりしましたか？」

「いや、残念ながら」

「へ～、そうなんですか～」

「笑うなよ」

「別に笑ってませんよ。えへへ」

「今日一番の笑顔じゃねーか」

「気のせいです。……あんまり見ないでください」

日向さんは両手で口元を覆ったが、目元がにやけまくっている。

「人の不幸がそんなに面白いのか?」

「そういうわけじゃありません。それに、恋人がいなかったからと言って、不幸とは限らないと思いますが」

「そうかもしれないけど……こうして人生の終わりが迫ると、このまま死ぬのは悔いが残るというか……」

「なるほど……。ではその未練を、わたしが消し去ってあげましょう。今からわたしが、先輩の彼女になってあげます」

「えっ……」

「ちょっと、なんで絶句するんですか」

「いや、さすがに予想外すぎる提案だったというか」

「……わたしと付き合うのは、嫌ですか……?」

日向さんはまた目を潤ませた。慌てて否定する。

「嫌だとは言っていないだろ。……今際《いまわ》の際《きわ》とはいえ、恋人ができて嬉《うれ》しいよ」

「そ、そうですか……えへへ……」

日向さんは肩をすぼめ、照れ笑いを浮かべた。

たとえこの場限りであっても、こんなに可愛《かわい》い彼女ができたことは、素直に嬉しい。

「……えっと、せっかく恋人になったわけですし、手でも繋《つな》いでみますか？」

「いや、それは危ないだろ。ゾンビになった俺に掴《つか》まれて、逃げられなくなるかもしれないし」

「じゃあ、ちょっとだけ」

言うが早いか、日向《ひゅうが》さんは俺の右手に自分の左手を重ねてきた。

そしてすぐ、驚いて目を見開く。

「先輩の手、冷たいですね！」

「ゾンビになりかけているからな。体温が下がっているんだろう」

「な、なるほど……。先輩、本当にもうすぐ……」

「死体に触ってるみたいで気色悪いだろ？　無理して手を繋がなくていいからさ」

「気色悪くなんかないです」

日向さんは力強く言い、俺の手を両手で包み込んだ。

「先輩の手、わたしが全力で温めてあげますから」

感覚がなくなりつつあった右手に、やわらかいぬくもりが伝わってきた。

女の子と手を繋いだのは初めてだが、こんな感じなのか……。

一瞬、自分がもうすぐ死ぬという現実を忘れ、純粋にときめいてしまった。

「……ありがとう。俺は今、すっごく幸せだよ」

「えへへ。喜んでもらえて、光栄です。……ちなみに先輩、他に恋人としたいことはありますか？　……その、わたしにできることなら、なんでもしますので」

「……マジかよ……」

それは俺にとって、悪魔のささやきだった。

この状況で俺がしたいことなんて、1つに決まっている。

おっぱいを揉《も》んでみたい。


5年前のことを思い出すにつれ、当時の俺が日向さんに抱いていた仄《ほの》かな恋心が蘇《よみがえ》ってきた。

もしもこの願いが叶《かな》うなら、いつ死んでも構わない。

とはいえ、本心を口に出したら、その瞬間に軽蔑されるだろう。日向さんに蔑《さげす》まれながら死ぬなんて、絶対に嫌だ。

しかし、もしここで強がってしまったら、一生後悔するだろう。

もっとも、その一生というのは、あと1分かもしれないのだが……。

重大な選択を迫られている。恥をかく代わりに最高の思い出を作るか。最期まで見栄《みえ》を張り、未練を残してゾンビになるか。

そこで俺は不意に、左手も灰色に染まっていることに気づいた。指にはまだ感覚があるものの、なめらかには動かない。

死が、目前まで迫っている――

「……日向《ひゅうが》さん。文字通り、一生のお願いがある」

極限まで悩んだ挙げ句、蚊の鳴くような声で切り出した。

「……ちょっとでいい。胸を触らせてもらえないだろうか」

「――ええっ⁉」

この申し出は想定外だったらしく、日向さんは悲鳴に近い声を出した。

そして両手で胸を隠しながら、恥ずかしそうに質問してくる。

「普通こういう時って、キスしたがるものじゃないですか……？　先輩って、エッチなことで頭がいっぱいなんですね……」

梅雨《つゆ》のようにジトッとした目を向けられてしまった。

死の間際に考えることの相場はわからないが、慌てて弁解する。

「いや、そういうわけじゃないよ。もちろん最初はキスという選択肢が頭に浮かんだけど、俺の体内にはゾンビウイルスがあって感染の危険があるから、キスはできないと考えただけなんだ」

大嘘《おおうそ》である。真っ先に思いついたのがおっぱいを揉《も》むことだった。それしか考えていなかった。

「……なるほど。たしかに、キスするのは危ないですね……」

日向さんは納得してくれたようだ。チョロい。

「とはいえ、好きでもない男に胸を触らせるのは良くないよな。今のお願いは忘れてくれ。不快な思いをさせてすまなかった」

できたばかりの恋人に向かって、全力で頭を下げる。

だが、数秒後に顔を上げると、顔を真っ赤《まか》にした日向さんと目が合い、こう言われた。

「……少しだけなら」

「――えっ？」

思わず聞き返すと、日向さんは小声でこう告げる。

「……数秒なら、胸を触ることを許可します」

「っ!?　い、いいのか……!?　俺なんかに触られるのは嫌なんじゃ……？」

「大丈夫です。……わたし、先輩のこと、けっこう好きですから」

日向さんはつぶやくように言った後、胸を押さえていた両手を下ろし、こちらを睨《にら》んでくる。

「……ほら、触ればいいじゃないですか」

「いや、そんな怖い顔で言われても……」

「わたしがどんな顔をしていても、胸に影響はありませんから」

「そういう問題ではない気がするのだが……」

「早くしてください。待っている間、ずっと恥ずかしいんですから」

耳まで真っ赤《まっか》になった日向《ひゅうが》さんが、咎《とが》めるように言った。もしかすると、睨《にら》んでいるのは照れ隠しなのかもしれない。

少し視線を落とす。女性特有のふくらみは、しばらく会っていない間に、かなり大きくなっていた。

まさか昔好きだった女の子と、こんなことになるなんて……。

「……じゃあ、遠慮なく……」

日向さんの気が変わる前に、触らせてもらうことにする。

おそるおそる両手を近づけていくと、やがて感動の瞬間が訪れた。指先に程よい弾力が伝わってきたのだ。

「あっ……」

日向さんはビクッと身を震わせ、艶《なま》めかしい吐息を漏らした。

そのまま両手で2つのふくらみを包み込むと、少し硬い衣服の向こうに、至福のやわらかさを感じた。

ゆっくり指を動かすと、それに合わせてふくらみが形を変える。

「やっ……んっ……」

日向さんは悩ましい声を上げ、恥ずかしそうに俺を見た。

小学生の頃からは考えられないほど、色っぽい表情だった。日向さんは女子から女性に成長したのだと、はっきり認識した。

「――も、もう終わりです！」

日向さんは両手で胸を覆いつつ、俺から少し距離を取った。

そして、恥ずかしそうにこっちを見てくる。

「……ど、どうでしたか……？」

「なんというか……もういつ死んでも悔いはない……」

「そ、そこまでですか……」

日向さんは照れ笑いを浮かべた後、ジト目になった。

「ま、まぁ先輩って、小学生の頃からおっぱい大好きでしたもんね」

「――いやいや、さすがにそんなことはなかっただろ」

「いいえ、間違いないです。わたしの家でゾンビ映画を観《み》ていた時、入浴シーンで女優さんのおっぱいが出てきたら、先輩は画面に釘付《くぎづ》けになっていましたから」

「えっ……そうだったか？」

「はっきり覚えています。わたしの視線に気づかないくらい集中している先輩を見て、男ってヤツは……って呆《あき》れましたから」

「単に映画に集中していたという可能性もあるだろ」

「すごくスケベな感じで、ニヤニヤしてました」

「はっきり覚えていすぎだろ。ていうか、なんで映画じゃなくて俺のことを見ていたんだよ」

「この女優さんおっぱい大きいなー、先輩はどんな顔してるかなーって気になって」

「最悪の趣味」

「……あの時は、先輩を夢中にさせる女優さんが、ちょっと羨ましかったんです。……でもわたしも、あの時の女優さんと同じくらい……大人《おとな》になりました」

そう告げられ、思わず視線を落としてしまう。

「……先輩が今考えていること、当ててあげましょうか？」

「言わなくていい」

「裸の胸が見たい」

「……正解だが、何か？」

思わず開き直ると、日向《ひゅうが》さんは品定めするような視線をこちらに向けてきた。

そして、唇を震わせながら、こう質問してくる。

「……先輩。最後のお別れ前に、おっぱい見せてあげましょうか？」

「――ええっ⁉」

思わず大声を発した後、困惑顔の日向さんに確認する。

「だ、大丈夫なのか……⁉」

「あんまり大丈夫じゃないですけど、先輩はもうすぐ……。それに、わたしも近々ゾンビに噛《か》まれて死ぬかもしれないわけですから……。ここで先輩と再会できたのはたぶん運命だと思うので、最後に青春の思い出を作っておくのも悪くないかなーと思いまして」

「青春の思い出と呼ぶには、だいぶアダルトな内容なんだが」

「じゃあ、やめますか？」

「いや、見たいです。思わずツッコんでしまい、申し訳ありませんでした。何卒《なにとぞ》よろしくお願いいたします」

素直すぎる気持ちを敬語で伝え、深々と頭を下げた。

すると日向さんは、深呼吸する。

そして頭を上げた俺の正面に立ち、無言でうつむきながら制服の上着を脱いだ。

続いてワイシャツのボタンを上から順に外しはじめる。日向さんの素肌が、徐々に露《あら》わになっていく。

やがてワイシャツが全開になり、隙間からピンク色の可愛《かわい》らしいブラジャーが姿を現した。

日向《ひゅうが》さんは顔が真《ま》っ赤《か》になっており、俺と視線を合わせようとしない。羞恥心を振り払うように口を真一文字《まいちもんじ》に結び、震える手でブラジャーのフロントホックを外す。

だが、そこで動きが止《と》まった。さすがに逡巡《しゅんじゅん》しているようだ。

しかし、日向さんは決意を固めたような表情になり、ゆっくりと前を広げはじめた。

下着から解放された形のいい乳房が揺れる。真っ白い膨らみも、桃色の先端も、すべてが丸見えだった。

あまりの衝撃で、脳みそが沸騰したみたいになった。もはや何も考えられない。

ただ、これだけはわかる。俺はゾンビなんかになってる場合じゃない。

「……はい、おしまいです」

2秒くらい経《た》ったところで、日向さんはワイシャツの前を閉じ、回れ右をして服を直しはじめた。

何か声をかけるべきかと思ったのだが、言葉が出てこない。俺の脳みそは、今見たものを処理するだけで手一杯だ。

やがて日向さんは服を直し終えたようだが、ずっと背を向けたままだ。どうやら相当に気まずいらしい。

――前方の小さな背中を見ていると、その異変はやって来た。

瞼《まぶた》は開いているのに、徐々に視界が狭《せば》まってくるような感覚。

直後、両腕が自由に動かせなくなっていることに気づいた。

ついに、終わりの時が来たのだ。

マズい、まだ日向さんは背中を向けているのに――

「……ひゅ……が……」

すぐさま呼びかけたが、舌が思い通りに動かない。まるで口全体に麻酔がかかっているみたいで、上手《うま》く発音できないのだ。

「……はや……にげ……」

何とか声を絞り出すと、日向さんはゆっくり振り返りはじめた。

「あはは……。実際にやってみたら、思っていた1億倍くらい恥ずかしかったです……」

つぶやきながらこちらを向いた日向さんは、すぐに目を見開いた。

「……先輩、見た目がだいぶゾンビっぽくなってしまいましたね」

「に……にげ……」

「ごめんなさい、わたしは逃げません。このまま先輩に噛《か》まれてゾンビになります」

「な…………ん…………」

「もう疲れたし、1人になるのは嫌ですから。先輩と離れるくらいなら、一緒にゾンビになって楽になりたいです。

——そうだ。どうせなら噛まれるんじゃなくて、キスして感染しましょう。その方がロマンチックです。そのあと両手をヒモで結べば、ゾンビになった後もずっと一緒にいられて、寂しくないですよね」

日向《ひゅうが》さんは俺の手を取り、希望に満ちた表情で言った。

そんなのはダメだ。生きることを放棄するなんて、絶対に間違っている。

「先輩……さよなら……」

日向さんはそうつぶやくと、覚悟を決めた表情になり、ゆっくり顔を近づけてくる。

俺がちゃんとしていなかったせいだ。もっと強引に追い払っていたら、日向さんは生きるのを諦めなかったかもしれないのに……。

視界は灰色になって今にも意識が飛びそうだし、全身の関節が石のように硬くなっている。

けれど最後の力を振り絞り、喉の奥から声を発する。

「……ぜっ……た……」

かすれた声に反応し、日向さんは動きを止《と》めた。

「——えっ？　先輩、なんですか？」

「……ダ…………メ……」

「わたしにゾンビになるなって言いたいんですか？」

「……そ…………う……」

「そんなこと言ったって、こんな世界で生きてても仕方ないじゃないですか。自分はゾンビになっちゃうのに、無責任なことを言わないでください。わたしに生きててほしいなら、ずっと一緒にいてくださいよ」

——辛《つら》そうな日向さんから文句を言われた刹那《せつな》、心臓が急に熱くなった。

熱は内臓を伝わるように、体全体にじわじわと広がっていく。まるで俺の細胞すべてが、ゾンビになる運命を拒否しているかのようだ。

日向さんを守らなければ。これは俺に課せられた責務だ。

歯を食いしばり、鉛のように重い両腕を、根性で少しずつ持ち上げる。

「……一緒に…………いる……!!」

「——えっ？」

「……俺が……守る…………守ってみせる!!」

俺は声を絞り出し、両腕で日向さんの肩を掴《つか》んだ。

その瞬間、灰色になっていた日向《ひゅうが》さんに元通り色がつき、俺たちの視線がぶつかった。

「……えっと、先輩？　なんか、普通に話せていませんか？」

目を丸めた日向さんに質問され、はたと気づいた。

たしかに、体が麻痺《まひ》するような感覚はなくなっている。両手は灰色のままだが、自由に動かせるようになっていた。

ずっと続いていた寒気と倦怠感《けんたいかん》も消えており、狭《せば》まっていた視界も元に戻っている。

「……どういうわけか、ゾンビ化がいったん止《と》まったみたいだな」

「止まった……？」

日向さんは納得がいかなそうな表情で、まじまじと俺の顔を眺めている。

「……あの、こんなこと聞きづらいんですけど、先輩って、もうゾンビになっていませんか？」

「――はっ？」

「だって、目は白濁していますし、肌は灰色になっていて、外見は完全にゾンビなんですが」

「えっ、そうなの？」

すぐさまスマホを取り出し、カメラを起動させ、自分の顔を確認する。

「――っ⁉」

たしかに俺の顔は、どこからどう見てもゾンビだった。

「……えっ？　どういうこと？」

「それはこっちのセリフなんですが」

「もしかして……持ち直した？　ゾンビになっても自我を失わずに済んだのか？」

「わたしに聞かれても困ります」

「だよなぁ。となると俺は、これからどうすればいいんだ？」

「そんなの知りませんよ。……ていうかわたし、先輩がもうすぐ死ぬと思って、おっぱい見せちゃったんですけど……？」

「い、いや、それは……」

「約束が違うじゃないですか！　責任を取ってください！」

涙目になった日向さんが、両手で胸を押さえながら詰め寄ってきた。

思わず視線を落としてしまう。

「思い出さないでください！　今すぐ記憶から消去してください！」

「そんなことを言われても……。……う、うおおおお～」

「ゾンビの振りをしても誤魔化《ごまか》されませんよ！」

あっさり見破られた。

見た目は完全にゾンビなのに。

「ちょ、ちょっと待ってくれ！　もうすぐ身も心もゾンビになるはずだから！」

★　★　★

だが、それからさらに10分が経《た》っても、俺が自我を失う気配はなかった。

もしや本当に、完全なゾンビにはならないパターンなのか……？

「最悪です。ぜんぜん自我を失わないじゃないですか」

日向《ひゅうが》さんはジトッとした目をこちらに向け、不満そうに頬《ほお》をふくらませている。

「俺もこうなることは予想できなかったんだから、そろそろ機嫌を直してくれないかな……？」

「無理です」

「だよな……」

「先輩が意識を失わなかったこと自体は喜ばしいですが、納得が行かないです。……先輩が生きているかぎり、わたしの黒歴史が消えないわけで……」

「青春の思い出じゃなかったのか」

「さっきの行為は、先輩が死んだ瞬間に青春の思い出に変わるんです。……ゾンビにならないってわかっていたら、絶対見せなかったのに……」

日向《ひゅうが》さんは唇を噛《か》みしめた。極限状態における軽はずみな行動を、全力で悔いているようだ。

「本当に申し訳なかった。許してもらうためなら、何でもする」

「……何でも……ですか」

その瞬間、むくれていた日向さんの瞳が怪しく光った。

「その言葉、嘘《うそ》じゃないですよね？」

「も、もちろんだ」

「じゃあ、わたしがワンちゃんになってほしいと言ったら、なるわけですね？」

日向さんはものすごい目力で念押ししてきた。

「……無論だ」

予想だにしていなかった展開だが、肯定以外の選択肢があるわけない。

すると日向さんは、この返答に満足したようだ。

「なるほど。先輩、お手」

日向さんはそう言って、さも当然のように左手を差し出した。

「………」

あくまでこれは遊びだ。機嫌を直してもらうための儀式である。

そう自分を納得させ、日向さんの左手に右手を重ねた。

「よくできました。次は返事をしてから手を置いてみましょう。先輩、お手」

「……はい」

「あれれ？　先輩はワンちゃんなんですよ？　なんで人の言葉を話しているんですか？」

ぐぬぬ……。

「……わん」

「かわい～。動画録《と》りますね」

「いや、さすがにそれは……」

「先輩、ワンちゃんが使っていい言葉は？」

「……くーん」

「何言ってるかわからないですし、ワンちゃんが撮影を嫌がるわけがないので、動画録りますね」

言うが早いか、日向さんはスマホを構え、再び左手を前に出す。

「もう一度、お手」

「………………」

どうやら俺に、拒否する権利はないようだ。

もっとも、日向さんは俺を喜ばせるために胸を披露してくれたわけだし、このくらいは仕方ないか……。

もはやネットで拡散される危険はないこともあり、大人《おとな》しく従うことにした。

「わん」

「よくできました〜。じゃあ次は、おすわり」

「……わん」

「偉いですね〜。さすがわたしのワンちゃんです」

日向《ひゅうが》さんは俺を見下ろしながら満足そうに笑い、スマホをポケットにしまった。

「ところで先輩、お腹《なか》すきませんか？」

「わん」

「いや、今のは人間向けの質問なんですから、普通に答えてくださいよ。ちょっと考えたらわかるでしょう」

「理不尽すぎる……」

「何か？」

「何でもないです」

油断した。まだ許されていないのだから、口答えしてはいけない。

俺はおすわりをやめて立ち上がり、質問する。

「腹が減ったのか？」

「はい。朝から何も食べてなくて」

「わかった。何か取ってくる」

「……大丈夫なんですよね？」

「ああ。噛《か》まれた後に遭遇したゾンビは襲ってこなかったから、同士討ちはしないんだと思う。食料調達は俺がやるから、何でも食べたいものを言ってくれ」

「じゃあ……お寿司《すし》が食べたいです。あとプリンとシュークリームとリンゴジュースと」

「ちょ、ちょっと待ってくれ」

慌ててスマホを取り出し、メモを取っていく。

日向さんの要望は、全部コンビニに行けば叶《かな》えられそうだ。

「よし、じゃあちょっと行ってくる」

そう言って、すぐさま出発しようとしたが、日向さんに袖を掴《つか》まれた。

「――本当の本当に、大丈夫なんですよね？」

「……もちろんだ。俺を信じて、ここで待っていてくれ」

★　　★　　★

日向さんを1人にしておくのは危険だ。ここから徒歩5分ほどの場所にあるコンビニに、急いで向かう。

これまで遭遇したゾンビは全員ゆっくりしか動かなかったが、体の構造的には普通に走れるようだ。

しばらく走ったところで気づいたのだが、全力疾走し続けても全然疲れないし、肺が痛くなることもない。というか、そもそも息を吸う必要がないようだ。発声時は肺に空気を入れる必要があるが、それ以外は呼吸を止《と》めても問題がない。

なんだこの体。快適すぎる。

河原《かわら》から片側2車線の橋の上に移動すると、さすがにゾンビをちらほら見かけた。でも俺もゾンビなわけだから、素通りできるはず――

「うオオあアァアア!!」

中年男性ゾンビの横をすり抜けようとした瞬間、肩に噛《か》みつかれそうになった。反射的に両手で突き飛ばす。

その瞬間、自分でも信じられない力が出た。男性のゾンビは3メートルほど吹っ飛んだのだ。

どうやらゾンビになったことで、俺の筋力はかなり強化されたようだ。

次の瞬間、近くにいる5人のゾンビが一斉に俺を見て、上下の歯を剥《む》き出《だ》しにした。

理由はわからないが、異分子として認識されたようだ。俺が自我を失っていないからだろうか……?

とはいえ、俺は一刻も早く日向《ひゅうが》さんのところに戻らなければいけないのだ。いちいち相手などしていられない。

というわけで、襲いかかってくるゾンビたちは無視することにした。

ゾンビたちの間をすり抜け、近くのコンビニに駆け込もうとする。

だが狭い店内には、店員と客合わせて7人のゾンビがいた。自動ドアが開いた瞬間、彼らが一斉にこちらを向き、ゾッとする。

しかし、怯《ひる》んでいるヒマはない。左手で買い物カゴを持ち、ゾンビたちを突き飛ばしながら店内を回って、パック寿司《ずし》やプリンを手に入れていく。

「オオおおオ!!」

ゾンビたちはあらゆる方向から飛びかかって来ようとする。何度撥ねのけても、すぐに起き上がってくるので鬱陶《うっとう》しい。

とはいえ、彼らを傷つけるのは抵抗がある。映画みたいに頭部を破壊すれば動かなくなるのかもしれないが、ついさっきまで人間だったものにそんなことをするのは、なんか嫌だ――

「うオォぉアァァあ!!」

若い女性店員のゾンビに隙を突かれ、左腕に噛みつかれた。あまりのおぞましさに総毛立つ。

女性店員ゾンビは、正気を失った目で二の腕に喰《く》いついたまま、離そうとしない。俺はその下顎を右手で掴《つか》み、強引に口をこじ開けて、突き飛ばした。

振りほどいてから気づいたのだが、今噛《か》まれた際、まったく痛みがなかった。どうやら、ゾンビになると痛覚がなくなるらしい。ゾンビの生態を考えれば、そんなものは邪魔なんだから、当然か。

加えて俺はすでにゾンビなんだから、ゾンビに噛まれたところで問題ない。すでに噛まれたところを見ると、歯の形にワイシャツが破れていたが、腕に傷はない。すでに完治したようだ。

まさか、再生までできるとは。ゾンビの体、この世界において最強すぎる。

ゾンビを押しのけながら商品を集めていると、やがて必要なものがすべて揃《そろ》った。店員さんは全員ゾンビ化しているので会計は諦め、日向《ひゅうが》さんのところに戻る。

ゾンビについてこられると面倒なので、いったん全員を店の奥の方におびき寄せた後、買い物カゴを抱えてコンビニを飛び出した。

ゾンビを撒《ま》いたことを確認した後、先ほどの河原《かわら》に戻る。

日向さんはさっきと同じ場所にいた。ゾンビに襲われてはいないようだ。

「――先輩っ!! よかったです!!」

日向さんは歓声を上げ、笑顔で駆け寄ってきた。

「大丈夫だったんですか⁉　絶対ゾンビと遭遇しましたよね⁉」

「うん。コンビニはゾンビだらけだったけど、特に問題なかったな。というわけで、頼まれたものだ」

　買い物カゴを手渡すと、日向さんは目を輝かせた。

「先輩すごすぎます！　最強じゃないですか！」

「このくらい朝飯前だ。店の商品がほしかったら、いくらでも言ってくれ。それで、頼まれたものはこれで全部だよな？　一応、手を洗うのが大変だと思ったから、ウエットティッシュも持ってきたんだけど」

「そんな心遣いまで……‼　先輩は完璧超人ですね‼」

　日向さんは感動した様子で、俺に熱視線を送ってきた。

　しかし直後、何かを探して、買い物カゴ内のお寿司《すし》やシュークリームをひっくり返しはじめる。

「あの、先輩、割り箸は？　あと、プリン用のスプーンも」

「――あ、しまった」

「まあ、お寿司は手でも食べられますし、プリンは後で食べればいいだけなので、問題ないですが」

　日向さんは買い物カゴを地面に置き、ウエットティッシュで両手をキレイにした後、パック寿司《ずし》を開封した。

そして周囲を見回す。

「どこか置くところは……。先輩、ちょっと両手をパーにして、手のひらを真上に向けてもらっていいですか？」

「こうか？」

「なるべく水平にしてください。……はい、わたしが食べ終わるまで、そのまま動かないでくださいね」

日向《ひゅうが》さんは俺の右手にお寿司が入った食品パックを、左手にパックの蓋を置いた。そして蓋の方に醤油《しょうゆ》を出す。

有無を言わせずテーブルにされた……。

「いただきま～す。……ん～、おいしい～」

日向さんはマグロ寿司を口に頬張《ほおば》り、満面の笑みを浮かべた。この笑顔を見るためなら、多少のことは我慢できると思った。

「先輩も食べたいですか？」

「いや、俺は大丈夫。ゾンビになったからか、空腹って感覚がないんだ」

「えっ？　じゃあもうご飯を食べないんですか？」

「そういうことになるかな……。内臓が動いてるかわからないから、食べたものがどうなるか謎だし……」

「なるほど……」

「だから俺に遠慮せず、どんどん食べてくれ」

「ありがとうございます」

よっぽどお腹《なか》がすいていたのだろう。日向さんはお寿司を次々口に放り込んでいく。

「ちなみに、ゾンビをテーブル代わりにして、食欲がなくならないのか？」

「えっ？　なんでですか？」

「なんでって、ゾンビは気色悪いだろ」

「んー……。知らない人のゾンビは嫌ですけど、ゾンビになった先輩はキモ可愛《かわい》いから、特に抵抗はないです」

「キ、キモ可愛い？」

「はい。わたしホラー映画が好きだから、クリーチャーに耐性がありますし」

日向さんはお寿司を頬張りながら、俺の全身を見回した。どうやら、気を遣って言っているわけではなさそうだ。

やがて日向さんはお寿司を完食し、シュークリームとリンゴジュースもお腹に収めた。

「ごちそうさまでした～。まさかこの状況で、お寿司が食べられるとは思いませんでした。プリンはスプーンを手に入れたらいただきますね」

日向《ひゅうが》さんは満足そうに言い、プリンを制服のポケットにしまった。お腹がいっぱいになったからか、すっかり笑顔になっている。

——しかし、すぐに表情が曇る。

「わたしたち、これからどうすればいいんでしょうね……」

「んー……。とりあえず、ずっとここにいるわけにはいかないよな。どこかに安全な建物があればいいんだけど……」

「わたしたちの他に、生き残っている人っているんでしょうか？」

「少なくとも、この周囲はゾンビだらけだったな。仮に生存者がいたとしても、息を潜めているだろうから、見つける手段がない」

「スマホはまだ圏外ですしね……。警察とか自衛隊とかって、どうなっているんでしょう？」

「さっき駅前の交番の近くを通ったけど、警察官もゾンビになっていたな……。自衛隊はどうなんだろう？　駐屯地《ちゅうとんち》まではけっこう距離あるよな？」

「そうですね。ゾンビ映画だと、自衛隊がヘリで助けに来てくれるイメージですが」

「それで焚《た》き火《び》とか、発煙筒とかで合図するんだよな。ヘリが来た時に備えて、合図の方法を用意しておくか」

「発煙筒だったら、すべての車に載っているので簡単に手に入りますよ」

「なるほど。じゃあまずは家に戻って、車を……」

——その瞬間、ゾンビになった母親たちの姿がフラッシュバックした。

自宅に戻ったら、また家族だったものに遭遇することになるのだ。

今の俺は噛《か》まれても問題ないが、できればもう、あんな姿は見たくない。

3人は家の中でどうしているのだろう？　ちゃんと埋葬してあげたいが、俺のように自我を取り戻す可能性もあるはずだ。しばらくは放っておくしかない。

なぜ俺だけが無事なのか、理由を知りたい。けれどこの荒廃した世界で、調べる術《すべ》などあるのだろうか……。

「あの……先輩？　どうかしたんですか？」

日向さんが心配そうに顔を覗《のぞ》き込《こ》んできた。

「いや、なんでもない。……日向さんの家は、誰もいないんだよな？」

「はい。でも両親は電車通勤なので、車が1台あります」

「じゃあひとまず、日向さんの家に行こうか。ご家族が帰ってきているかもしれないし」

「いいんですか？　わたしは先輩の家でもいいですけど……」

「あー、俺の家はあんまり良くないかもしれないな」

「えっ？　なんでですか？」

「それは……さっき様子を見てきたんだけど、すぐ近くで火事が起きていて、いつ燃え移るかわからないんだ」

咄嗟《とっさ》に嘘《うそ》をついた。家族がゾンビになっていたことを明かしたら、変に気を遣われるだろうからな。

「火事ですか……。消防車は呼べませんし、大変ですね……」

「こんな状況だし、仕方ないよ。そんなわけだから、日向《ひゅうが》さんの家に行こう」

「了解です」

こうして俺たちは、日向さんの家に向かって移動を始めた。

ここからは一瞬たりとも気を抜けない。必ず日向さんを守らなければ――

そう決意した刹那《せつな》、何の前触れもなく、上空からゾンビが降ってきた。

★　★　★

ゾンビとは、一言で言うと動く死体である。

ゾンビの心臓は止《と》まっており、体温はない。つまり、生物学的には死んでいるはず。

なのに、なぜか動き回ることができるという、道理を外れた存在なのだ。

ゾンビを観察した結果、自我はなく、本能に従って動いているようだとわかった。音や匂いなどの生物の気配に反応してゆっくり移動し、獲物を発見すると強靱《きょうじん》な顎で食らいつく。この辺は映画に出てくるゾンビと同じだ。

噛《か》まれた人がゾンビになるプロセスはわからない。映画だと、ゾンビの唾液にウイルスが含まれていて、それが体内に侵入してゾンビ化することが多いが……。

また、ゾンビを行動不能にする方法も不明。映画だと頭を潰したり、頭部と胴体を切り離すと動かなくなるが……。

などと考えていた俺の目の前に、ゾンビが頭から落下してきた。

グシャッという耳障りな音と共に、その上半身が潰れる。

肌の裂け目から真《ま》っ赤《か》な血液と臓物が転《まろ》び出《で》た。周囲に異臭が広がる。

肌が灰色なこと以外は、ほとんど人間と同じだった。前に教科書で見た、人体の構造のイラストを思い出す。

ゾンビはアスファルトの上で数秒だけモゾモゾと蠢《うごめ》いたものの、そのまま動かなくなった。少なくとも、このレベルまで破壊すると、行動不能になるようだ。

上を見ると、マンションのベランダに数人のゾンビを発見した。全員がこちらを注視しており、手すりから身を乗り出している個体もいる。

どうやら、今潰れたゾンビは、俺たちを見つけて飛び降りてきたようだ。

「先輩……」

今にも泣き出しそうな日向さんが、俺の右腕にしがみついてきた。

「大丈夫だ。俺がついてる」

このくらいのことで心が折れていたら、日向《ひゅうが》さんを守り切れない。無理やり自分を奮い立たせ、河辺に面した住宅街に足を踏み入れる。

小走りで街路を前進していると、前方に男性のゾンビを3人発見した。

彼らは俺たちの姿を認めると同時に、こちらに向かって歩き出す。

「日向さん、ちょっと下がってて」

「——えっ⁉　逃げないんですか⁉」

「他の道にもゾンビはいるだろうし、あの数なら問題ない」

俺は身構えると、向かい来るゾンビとの距離を一気に詰める。

そして上着を掴《つか》み、すぐ近くの民家の庭に投げ飛ばした。

庭と道路の間には背の高い塀があり、すぐには越えてこられないはずだ。

残りの2体も軽々と投げ飛ばした。やはりゾンビの怪力は便利だ。

「日向さん、今のうちに通り抜けよう」

「はい！」

この調子でゾンビをぶん投げ続け、日向さんの家を目指して走る。

だが、もうすぐ目的地というところで、ゾンビの大群と遭遇した。10人近くおり、彼ら全員を投げ飛ばすのは骨が折れそうだ。

「日向さん、またちょっと離れて――」

しかしそこで、直前に放り投げた5人のゾンビが、こちらに向かってくることに気づいた。

マズい。挟み撃ちにされたら、日向さんを守り切れない。

ゾンビは投げ飛ばすのではなく、上半身を破壊して行動不能にすべきだった。おそらくゾンビの腕力なら余裕だろう。

今からでも遅くない。ヤツらの動きを完全に止《と》めなければ。

――だが、こちらを睨《にら》むゾンビたちの白濁した目を見て、できないと思った。

目の前の敵は、人の形をしている。自我を失った化け物でも、見た目はほとんど人間なのだ。

この人はもう人間じゃないから壊してもいいなんて、そんな簡単に割り切れない。

それに、いつか俺のように、自我を取り戻すかもしれないし――

「先輩！　こっちです！」

日向さんは硬直している俺の右腕を引っ掴み、他人の敷地に入り込んだ。そして一軒家のドアを躊躇《ためら》いなく開ける。

幸い、玄関に鍵はかかっていなかった。土足のまま家の中を駆け抜け、玄関とは反対側の窓から外に出る。

周囲にゾンビの姿はない。さっきのゾンビたちが追いかけてくる前に、民家の庭を経由して移動していく。

しばらく走り、細い砂利道《じゃり》に入ったところで日向《ひゅうが》さんが立ち止まった。

「ここまで来れば、ひとまず大丈夫そうですね」

「ああ……」

「もうすぐわたしの家なので、頑張りましょう。先輩が家に来るのは5年振りですね～」

日向さんはやけに明るく話しながら、再び歩き出した。

その背中に向かって、俺は頭を下げる。

「ごめん。ゾンビを殺せなくて、日向さんを危険な目に遭わせた」

そう謝ると、日向さんはこちらを振り返った。

「せっかく不死身の体を手に入れたのに、闘えないんじゃ意味ないよな……」

情けなさと申し訳なさで、胸がいっぱいだった。

世界のルールが変わったことはわかっている。今日からは、ゾンビを上手《じょうず》に殺せる人だけが生き延びられるのだ。

けれど、そんな合理的には動けなかった。

ゾンビになってしまった人を殺したくないという気持ちに、嘘《うそ》をつけなかったのだ。

「――先輩は、ゾンビになった人のことを、まだ人間だと思っているんですよね？」

うつむいている俺に、日向さんがそう問いかけてきた。

「……ああ」

「だったら殺せなくて当然です。無理はしないでください。これからもうまく逃げながら生きていきましょう」

「……それでいいのか？　殺せるのに、殺さなくて」

「もちろんです。……その優しさが、先輩のいいところだと思いますし」

日向さんはそう言って、少し照れくさそうに笑った。

「……ありがとう」

自分の価値観を日向さんに認めてもらえて、嬉《うれ》しかった。

俺はこんな醜い姿になってしまったが、心まで化け物にならなくていいのだ。

そう安堵《あんど》した瞬間、全身に鳥肌が立つような感覚を覚えた。

今のは一体……？

「──っ!?　先輩、その姿は……!!」

「えっ？　何？」

「なんというか……実際に見た方が早いと思うんですが……」

そう言いながら日向さんは俺の横に立ち、なぜか２人が収まるように自撮りした。

そして、スマホ画面を見せてくる。

そこには目や肌の色が元に戻った、人間の姿の俺が写っていた。

「……これ、どういうことだ？」

「人間の体に戻ったってことでしょうか？」

「外見的にはそうなんだけど……」

そこでふと、ずっと停止していた心臓が動いていることに気づいた。さらに、ちゃんと体温もある。

「どうやら、俺はもうゾンビじゃないみたいだ」

「すごい！　やりましたね！」

「いや、喜んでいる場合じゃないかも……」

これまで闘うことができたのは、俺がゾンビだったからで——

「うオぉぉぉ……アあァアぁ……」

タイミング悪く、ゾンビの呻《うめ》き声《ごえ》が聞こえてきた。

俺たちの会話を聞きつけたのか、数人のゾンビが、ゆっくりこっちに歩み寄ってくる。

マズい。人間の俺では、日向《ひゅうが》さんを守れない。

だが、ゾンビを認識して身構えた瞬間、また全身に鳥肌が立つような感覚を覚えた。

そして俺の両腕が、灰色に染まり始める。

「先輩がまたゾンビっぽくなりました！」

「……どういう仕組みかはわからないけど、俺は人間とゾンビを行き来できる体質になったみたいだな」

2回体験したことで、変身する感覚がなんとなく掴《つか》めた。

この力を使って、必ず日向さんを守り切ってみせる——!!

★　★　★

俺たちは無事にゾンビの群れを突っ切り、日向さんの家に到着した。

小学校時代に毎日遊びに来ていたので、懐かしさが爆発しそうになったが、感傷に浸っている場合ではない。

日向さんは玄関の鍵を開け、中に入っていった。人間の姿に戻ってから、すぐ後ろに続く。

「ただいま〜……」

日向さんが控えめな声量で呼びかけたが、家の中は静まりかえっており、人がいる気配はない。

「やっぱり、家族はまだ帰ってないみたいですね」

日向さんは無理やり笑顔を作りながら、明るいトーンで言った。

「電車が使えなくて、帰ってくるのが大変なんでしょう。気長に待つことにします」

「日向《ひゅうが》さん、無理しなくて大丈夫だからな？　ゾンビが来ないか見張っておくから、少しベッドで横になったらどうだ？」

「んー……まだ大丈夫です。それより、たくさん走ったから汗をかいちゃいました。シャワーを浴びて、服を着替えたいです。よかったら先輩もシャワーどうぞ」

「そうだな、助かるよ」

ちょうど体をキレイにしたいと思っていたところだ。いつまでシャワーが使えるかわからないし、今のうちに浴びておこう。

「先輩も着替えたいですよね？　お父《とう》さんの服、サイズが同じくらいだと思うので、よければ着てみてください」

「ありがとう。お言葉に甘えようかな」

「じゃあ一緒に2階に来てください」

そんなやり取りをしつつ、俺たちは階段を上った。

「懐かしいな……」

遊びに来ていた当時の記憶がフラッシュバックした。突き当たりが拓也《たくや》の部屋で、右に進むと日向さんの部屋、左に進むとご両親の部屋。３つの部屋の内装まではっきり思い出せる。

小学校時代、放課後は毎日この家で遊んでいたのに、中学が別々になったことでパッタリと交流が途絶えたのだ。

　当時はスマホを持っていなかったし、人間関係が一新されるのは仕方ないことだと思っていたが……。

「お父さんの服、適当に見繕ってきますね」

「……あのさ、日向さん。その前に、お線香をあげてもいいかな……?」

　そう問いかけると、日向さんは気まずそうに頷《うなず》いた。

「もちろんです。お兄《にい》ちゃんも喜ぶと思います」

　日向さんはそう言って、両親の部屋のドアを開けた。

　8畳の和室。その一番奥にある仏壇には、拓也の写真が飾られていた。

　それ以上成長しなくなった拓也が、こちらに向かって微笑《ほほえ》みかけている。

　この世界が急にゾンビだらけになったのと同じくらい、現実味がない光景だった。

　日向さんに促され、仏壇の前に正座する。マッチを擦ってロウソクを灯《とも》し、線香に火をつけた。

　焦げ臭い匂いと、線香が発するラベンダーの香りが、鼻腔《びこう》を刺激する。

　手を合わせて目を閉じ、拓也に謝罪する。今まで会いに来なくて、悪かったと。

　拓也が自殺したのは、中学1年の時のことだった。

クラスメイトからそのことを教えられた時、すぐには受け入れられなかった。6年生の時に同じクラスだったメンバーで通夜《つや》に行こうと誘われたが、断ったくらいだ。

今にして思うと、ちゃんとお別れしておくべきだった。結局、お線香をあげさせてもらうまでに4年もかかってしまった。しかも、偶然日向《ひゅうが》さんと会っていなければ、一生この家に来ることはなかっただろう。

焼香を終えて立ち上がると、後ろで正座していた日向さんに頭を下げられた。

「ありがとうございました」

「こちらこそ、ありがとう。ずっと引っかかってた胸のつかえが下りたよ」

「そうですか……。……ちなみに、先輩はお兄《にい》ちゃんがなんで死んじゃったか、知っていますか……？」

「……えっと、自殺だったって噂《うわさ》は……」

「そうなんです……。お兄ちゃん、生きるのに疲れちゃったみたいで……。学校が嫌なら、登校拒否すればよかったのに……。

でもさっき、先輩がもうすぐゾンビになるって知った時、ちょっとだけお兄ちゃんの気持ちがわかりました。人って未来に希望がないと生きていけないし、むしろ死ぬことに希望を見出《みいだ》しちゃうんですね……」

「そうだな……。俺も今日1日だけで、数え切れないくらい心が折れたし……」

きっと今、運良く生き残った人たちはみんな、心が弱りきっているだろう。安全な場所はなく、食料を手に入れる手段もない。そんな絶望的な状況で、いっそゾンビになってしまった方が楽なんじゃないかと考えてもおかしくはない。

「……俺にできることは少ないけど、ゾンビの力を使いこなせれば、少しは希望を生み出せるはずだ。まずは安全な拠点を作って、少しずつ設備を増やしていって……。今日より明日は良くなると信じられるようにしてみせる」

「よろしくお願いします。先輩のこと、頼りにしてますからね」

俺たちは線香から立ち上る弱々しい煙を見ながら、この世界を生き抜いていく上での決意を固めたのだった。

★　　★　　★

そのまましばらく感傷に浸っていたが、いつまでもこうしてはいられない。

「そろそろ着替えを用意して、お風呂に行きましょうか」

日向さんはそう言って、お父《とう》さんのタンスからシンプルな長袖Tシャツとストレッチ素材のロングパンツを取り出し、俺に手渡してきた。

その後、日向さんは自室で手早く着替えを選び、階段を下りてバスルームに向かう。

浴室の電気は点《つ》いたし、お湯もちゃんと出た。発電所などの施設は、まだ機能しているようだ。

「シャワー、どっちが先にします？」

「日向《ひゅうが》さんが先でいいんだけど、もし入浴中にゾンビが現れたらどうする？」

「あー、たしかに……。ゾンビが家に入ってきても、シャワーを浴びていると気づかないかもしれないですね」

「それに、シャワーの音に反応して近づいてきたゾンビが、浴室の窓を割って入ってくる可能性もあると思う」

「シャワーを浴びるのも命がけですね」

「どっちかが風呂に入る時、もう片方も近くにいた方がいいかもしれないな」

「ちょっと恥ずかしいですけど、仕方ないですよね。でも、近くというのは、どのくらいの距離感でしょうか？」

「廊下で待機かな？　理想は脱衣所にいることだと思うけど」

「じゃあ脱衣所にしましょう。脱衣所と浴室両方のドアを閉めちゃうと、ほとんど声が聞こえないでしょうし」

「日向さんがそれでいいなら……」

「あんまり大丈夫じゃないですけど、この状況で文句を言っていられませんから。……それでは、シャワーを浴びる準備をするので、後ろを向いててください」

「目隠しをした方がいいか？」

「しなくていいですよ。先輩を信用していますし、ゾンビが現れた時に気づけなかったら本末転倒ですから」

「なるほど」

すごいことになってきたなと思いつつ、俺は廊下の方を向いた。

「……それじゃあ、服を脱ぎ始めます」

この宣言の後、すぐ背後から衣擦《きぬず》れの音が聞こえてきた。

廊下の壁を睨《にら》みつけながら、チラ見したいという衝動を必死に抑える。

「……今から下着を脱ぎますので、絶対に振り返らないでくださいね」

「わ、わかってるよ」

「……今、上を外しました」

「いちいち報告しないでくれ」

「……最後の1枚を脱ぎました。今振り返ったら、わたしのすべてが見えてしまいます」

「報告しないでって言ったよね？」

「先輩を動揺させるのが面白くて」

「強心臓か。素っ裸でよくそんな余裕があるな」

「ふふっ。先輩、声が震えてますよ。そんなにわたしの裸が気になるんですか？」

「……気になるって言ったら見せてくれるのか？」

「もちろん見せません」

「なら気にならない」

「へぇ～？　おっぱいには興味津々だったのに～？」

「アレはもうすぐ死ぬって思ってたからお願いしたわけで……」

「つまり本当は見たいんですね」

「ノーコメントだ」

「ふーん……。ところで、ふと思ったんですけど――」

「この状況で雑談が始まることってある⁉」

「すぐに終わるので、落ち着いてください。先輩は本当に可愛《かわい》いですね」

「うるさい。早く用件を話せ」

「先輩はゾンビから人間の姿に戻りましたけど、食事ってどうしますか？」

「……そういえば、腹は減ってるな」

「それなら後で、わたしの手料理を振る舞ってあげましょう。なんかお家《うち》デートみたいで楽しいですね♪」

「どう考えても楽しんでいる場合じゃないだろ。全裸になってから雑談するのはどうかと思う」

「なるほど。先輩は今、わたしが全裸だっていう設定を信じ切っているんですね」

「設定って何⁉」

「先輩はエッチだから、振り向かないかチェックしてから脱ごうと思いまして。本当はまだ制服を着ているんです」

「……なるほど。もしや日向《ひゅうが》さんには羞恥心がないのかと心配していたよ」

「誤解が解けてよかったです。それじゃあ、今度こそ本当に脱ぎますね」

この宣言の直後、またしても衣擦《きぬず》れの音が聞こえてきた。

今にして思うと、さっきはわざとらしいくらい大きい音がしていた。今度は衣擦れの音量が控えめで、本当に脱いでいるっぽい。

そんなことを考えていると、日向さんの動きが止《と》まったようだ。

「……ヤバいです。先輩の後ろで下着を脱ぐの、恥ずかしすぎます」

「リアクションに困る報告をしないでほしい」

「よく考えたら、脱衣所ですべて脱がなきゃいけないという法律はないので、下着はお風呂場の中で脱ぐことにします」

「名案だな」

「ちなみに、わたしがお風呂から上がるまでその体勢でい続けるのは大変ですよね？」

「たしかに」

「脱衣所からそこまで離れない範囲で、適当にくつろいでいてくださいね。出る時に声をかけますから」

日向《ひゅうが》さんはそう言って浴室に移動し、磨《す》りガラスのドアを閉めた。

くつろげと言われても、この状況で心が休まるわけがないのだが……。

こっそり背後を見やると、日向さんが磨りガラスの向こうで下着を外し、生まれたままの姿になったことが何となくわかった。

これは……エロい……!!

この磨りガラスという夢の物質は、男の視線を吸い寄せて離さない魔力があった。日向さんが浴室内でどんな体勢なのか大体わかるし、もしかしたらガラスのどこかにはっきり見える部分があるんじゃないかというロマンもある。

磨りガラス越しならば入浴姿を見ても犯罪じゃないというのはすごい。

ついつい河辺での出来事を思い出してしまい、罪悪感を覚えるが、目を離すことはできない。

結局それから5分ほどの間、向こう側でシャワーを浴びる日向さんの裸を想像し続けた。

我ながら情けないが、これが男の性《さが》なのだろう。

だがそこで唐突にドアが少し開き、俺は慌てて背中を向けた。

「先輩。そろそろ上がりたいので、あっちを向いてもらえますか？」

「もう見てないから、安心して出てきていいぞ」

「『もう見てない』ということは、今までは見ていたんですね？」

「鋭い勘を発揮するな」

「先輩はエッチですね。どうせ河辺でのことを思い出していたんでしょう？」

「……ごめん」

「謝らなくていいんですよ。わたしの裸に興味津々なのは、まだ自我を失っていない証拠ですし」

「寛容だな……。とはいえ、この状況で浴室が気にならないヤツは幼い頃に感情を失った殺し屋くらいだと思うから、許してくれ」

「なるほど。……先輩、ちょっとこっち見てみてください」

「……？」

不思議なお願いをされて振り返ると、そこには衝撃的な光景が広がっていた。

日向さんがドアを少しだけ開けて、顔と右肩を外に出していたのだ。

磨りガラスのすぐ向こうに、日向さんの一糸《いっし》まとわぬ姿が……。首から下のシルエットが丸わかりだった。

「……見えてないですよね？」

赤面した日向《ひゅうが》さんが、心配そうに確認してきた。

「大丈夫だ、ぼんやりとしか見えていない」

俺の視線は、すでに上から下まで何往復もしている。だが、肝心な情報だけは何もわからなかった。

とはいえ、察せることもあるわけで……。

「もしかして日向さん、下着つけてない……？」

下着と肌がまったく同じ色でないかぎり、目の前の光景に説明がつかないのだ。

それに、ブラジャーの肩ヒモも見当たらないし……。

「入る時に、バスタオルを忘れてしまって……。今は正真正銘の全裸です……」

「な、なるほど……」

「この磨《す》りガラス越しに裸を見せるヤツ、死ぬほど恥ずかしいです。先輩も後でやってくださいね」

「絶対に無理だ」

俺には全裸のままドアを開ける勇気すらない。

日向さんには度胸でも勝てないと思った。

「ところで先輩、洗濯機の上にあるタオルを取ってもらえますか？」

「わ、わかった」

「持ってくる時に見ようとしたら、殺しますからね」

「御意」

バスタオルを持った右手を後ろに伸ばし、浴室に背を向けた状態で手渡した。

すぐにドアが閉まり、日向さんは浴室内で体を拭いた後、衣服を身につけていく。それを観察していて、ブラジャーのホックが後ろにある場合、留めるのが大変そうだなと思ったりした。

やがてドアが開き、日向さんが濡《ぬ》れた髪を拭きながら出てきた。半袖のTシャツにショートパンツというラフな格好《かっこう》に着替えている。

制服姿も可愛《かわい》かったが、部屋着もビックリするくらい可愛い。

「考えてみたら、わたしたちってこれから毎日、どっちかがお風呂に入る時にもう片方が近くにいないといけないんですよね」

「そうだな」

ものすごい世界になったものだ。

「俺がここにいて嫌じゃなかったか？」

「もちろん抵抗はありますが、河原《かわら》でのことがあるので、割と早めに開き直れた気がします」

「そ、そうか……」

「それじゃあ、交代しましょうか。わたしは覗《のぞ》いたりしないので、安心して服を脱いでください」

日向《ひゅうが》さんはそう言って、ニヤニヤ笑いを浮かべた。

「……タイミングを見計らって振り返ろうとしてるだろ」

「えっ、なんでわかったんですか？」

「少しずつ日向さんの性格がわかってきた。俺も風呂場の中で服を脱ぐことにする」

「待ってください。先輩は河辺でわたしの胸を見たわけですし、等価交換の原則から考えると、わたしが先輩の裸を見てもいいのでは？」

「……見たいのか？」

「見てあげてもいいですよ？」

「そんな日本語が存在していいの？」

上から目線すぎる。

「とりあえず、絶対に覗くな」

★　★　★

入浴と着替えを終えた俺はキッチンへ行き、料理する日向さんを見守ることになった。

「大したものは作れないので、期待しないでくださいね」

エプロンをつけた日向さんはそう言いながら冷蔵庫を開け、ありあわせの食材で作れるメニューを考え始める。

「俺に手伝えることはあるか？」

「じゃあ、ニンジンの皮を剥《む》いてください。肉ジャガを作るので」

日向さんはそう言って、洗ったニンジンとピーラーを手渡してきた。

「いつも料理する時はタブレットでレシピを調べているので、調味料の分量が不安ですが……。失敗しても許してくださいね？」

「当たり前じゃないか。むしろ何も見なくても調理の手順がわかることがすごいと思うんだが。普段からよく料理するのか？」

「そうですね。基本的にお弁当は毎日自分で作っていました」

「尊敬しかない。俺はほとんど経験がないから、足を引っ張らないように頑張るよ」

「えへへ。お母《かあ》さん以外の人と一緒に料理をするのは初めてなので、なんだか楽しいです。わたしたちの記念すべき初めての共同作業ですね♪」

「初めての共同作業は、拓也《たくや》の漫画を庭に埋めたことだと思うが」

「たしかに。そういえば、庭を掘ってみます？」

「この状況で漫画を掘り起こすメリットはないし、また今度でいいんじゃないかな」

そんな会話をしながら日向《ひゅうが》さんは慣れた手つきで炊飯器をセットし、冷凍庫から牛肉を取り出してレンジで解凍する。

ニンジンの皮を剥《む》き終えた俺は、フライパンで手際よく牛肉を炒《いた》める日向さんを眺める。

すべてが完璧な光景で、まるで映画のワンシーンのようだ。

俺が見とれている間に肉ジャガが完成し、作り置きされていたサラダと一緒に食卓に並ぶ。ご飯もタイミング良く炊けた。デザートはさっきのプリンを半分こするようだ。

向かい合って食卓に着き、まずは肉ジャガを口に運ぶ。

日向さんは緊張の面持ちで俺のリアクションを見守っているので、思わずこちらまで背筋が伸びる。

マズかったらどうしようと身構えていたが、口に運んだ肉ジャガは心の底から美味《おい》しいと思えたので、演技する必要はなかった。

「すっごく美味しいよ。お店で出せるレベル」

「よかったです……。まだお鍋に残っているので、おかわりしてくださいね」

日向さんは安堵《あんど》した後、くすぐったそうに笑う。

「なんだかこうしていると、新婚さんみたいですね」

最高かよ……!!

美少女と甘い会話をしながら食卓を囲むという、理想的なシチュエーションである。

もしゾンビが出現しなかったらこんな状況になっていないわけだから、複雑な気持ちになるが……。

やがて食事が終わり、日向さんは食器を洗いはじめた。

「そういえば、俺たちの今後について話し合っておかないとな」

そう提案すると、日向さんはなぜか恥ずかしそうに顔を背けた。

「……それは、わたしと男女の関係になりたいということでしょうか？」

「全然違う。どうやってこの家の安全を確保するかとか、はぐれた時に備えて合流方法を決めておこうとか、そういう話だ」

「言い方が紛らわしいですよ!!」

日向さんは悲鳴に近い声を出し、洗っている最中だった包丁の切っ先をこちらに向けてきた。思わず両手を上げる。

「紛らわしかったか？」

「当たり前です。『俺たちの今後について』って言われたら、告白かもしれないと思うじゃないですか」

「日本語的には間違っていないと思うのだが」

「先輩は今後異性と未来について語る時、『俺たちの』という主語をつけないでください。絶対に勘違いされますから」

「わ、わかった」

日向《ひゅうが》さんの主張を全面的に受け入れると、ようやく包丁を下ろしてくれた。

「それじゃあ改めて、今後について話し合おう。まずは――今夜どこで寝るかだな」

「寝る場所はわたしの部屋で決定じゃないですか？　常に近くにいないと、いざという時に困りますし」

「やっぱりそうなるか」

「ちなみに、わたしの部屋は狭いので、1つのベッドで寝ることになります」

「……いいのか？」

「先輩には全幅《ぜんぷく》の信頼を寄せていますので」

「わかった。それじゃあ、寝る場所はそういうことで。

次の議題だが、この家に大量のゾンビが押し寄せてきた、みたいな事件が起きてはぐれたら、どうやって合流する？」

「うーん……。スマホは繋《つな》がらないですし、大きな声を出すとゾンビが集まってきちゃいますものね」

「事前に合流する場所を決めておきたいが……どこがいいだろうな」

「どの建物が安全かなんて、わからないですよね」

「俺が下見に行くって方法もあるが、その間、日向さんをどうするかって問題があるよな。

一緒に連れていくのは危険だし、どこかに1人で残しておくのも不安だ」

「先輩って過保護なんですね。付き合った女性を束縛するタイプですか？」

「経験がないからわからない」

「なるほどです。ちなみにわたしは、束縛されるのは嫌いじゃないので、なるべく先輩の傍《そば》を離れないようにしますね」

「よくわからない理論だが、承知した。

とはいえ、何が起きて引き離されるかわからないからな……。できることなら、生活圏のゾンビを一掃して、安全を確保したいけど……」

「ふと思ったんですが、ゾンビって拘束できないんですかね？　大人《おとな》しくしていてもらえるなら、無理に殺さなくてもいいと思うんですが」

「言われてみれば、両手を縛って口を塞げば無力化できそうだよな。……でもゾンビの力って半端じゃないから、どのくらい縄が丈夫なら動きを封じられるか、わからないかも」

「実験してみたらいいんじゃないですか？　先輩はゾンビになれるわけですし」

「日向さん、頭いいな」

こうして俺たちは、ゾンビの力を検証してみることになった。

食器の片付けが終わったところで、日向さんがゾンビを拘束するのに使えそうなものを探しにいってくれた。

「今家にあるのは、ガーデニングで使う麻縄だけですね」

受け取った麻縄はスマホの充電ケーブルくらいの太さしかないが、引っ張ってみると意外に丈夫だった。

「これで何巻きかすれば、動きを封じられそうだな」

「それじゃあ実際に縛って、強度を試してみましょうか」

「ああ。俺の両手を縛ってみてくれ」

「了解です」

両手を前に突き出すと、日向《ひゅうが》さんは手首の辺りを麻縄で固定してくれた。

だが1回巻いただけだと、ゾンビの怪力でちぎれてしまった。二重に巻いても同様だ。

どうやら、ゾンビを拘束するのは文字通り一筋縄ではいかないようだ。

徐々に巻く回数を増やしていき、五重に巻くとさすがにちぎれないことが判明した。

「ゾンビは縄で拘束できることがわかったな。それじゃあ、解《ほど》いてくれ」

だがそこで、日向さんの目が怪しく光った。

「ふふふっ。先輩は今、何をされても抵抗できないんですよね」

「それは女の子が嬉《うれ》しそうに言ってはならないセリフだと思うぞ」

「イタズラしてもいいですか？」

「ダメに決まってるだろ。年上の男を縛って喜ぶなんて、変態だぞ」

「えへへ、わたしは変態なのかもしれませんね～。コチョコチョ～」

日向さんは笑顔で俺の脇に両手を差し入れ、小刻みに動かしてきた。

しかし、まったく通じない。

「ゾンビ化していると肌の感覚が鈍くなるんだ。触れていることが何となくわかるだけで、くすぐったいとは思わない」

「えー、つまらないです」

「さっさと縄を解け」

「はーい」

日向さんは口を尖《とが》らせながら、縄を解いてくれた。

「ところで先輩って、誰かを縛った経験はありますか？」

「あるわけないだろ」

「じゃあ、ちょっと練習してみますか？　いざという時、もたつくわけにはいかないですし」

「練習って、今度は俺が日向さんを縛るってことか？」

「はい。特別にわたしが実験台になってあげます。さぁ、どうぞ！」

笑顔の日向さんに、両手を縛る権利をもらってしまった。

若干の抵抗感はあるものの、たしかに練習は大事だ。まずは両手を縛るため、手を伸ばす。

だが、日向《ひゅうが》さんの細い手首を掴《つか》んだ直後、勢いよく振り払われてしまった。

「えっ？　なんで抵抗するの？」

「抵抗しないと練習にならないじゃないですか。ゾンビは暴れるわけですし」

「それもそうか……」

納得したところで練習を再開。今度は逃げられないよう、日向さんの両手首を力強く握る。

「きゃー!!　変態ー!!　誰か助けてー!!」

「ゾンビは喋《しゃべ》らないいんだから、悲鳴を上げるのは違くない？」

「あっ、たしかに。じゃあ力だけで抵抗します」

「よろしく頼む」

「ふーんっ！　ふんぬーっ！」

「ふふふ。抵抗しても無駄だ。その程度の力じゃ逃げられないぞ」

嘲笑《あざわら》いながら日向さんの両手首をくっつけ、そのまま縛ることに成功した。

「むぅ……捕まっちゃいました……」

両手の自由を奪われた日向さんが、上目遣いにこっちを見てくる。

なんというか……まるで日向さんを支配したような錯覚に陥《おちい》った。

「……それじゃあ、次は両足を縛らせてもらうぞ」

「ちょっと待ってください。先輩の目つきがいやらしいんですが、何か変なことを考えていませんか？」

「考えるわけないだろ。俺は今、いかに効率的にゾンビを無力化するかだけを考えているんだからな」

「本当ですか？　変な趣味に目覚めそうになっていません？」

「年下の女の子を縛って喜ぶなんていうマニアックすぎる趣味に目覚める可能性は皆無《かいむ》だから安心してくれ」

「それならいいですけど……」

まだ疑わしそうにしている日向《ひゅうが》さんの両足首に狙いを定めたものの、両手が封じられた状態で抵抗されると、転んでケガをする危険がある。

「やっぱり、足を縛る練習はやめておくか」

「でもゾンビを拘束する時に、足も封じなきゃいけない場面が出てくるかもしれませんよ？」

「たしかにな。手順としては、まず両手を封じて、押し倒して両足を縛ることになるだろうが――」

「先輩、今からわたしを押し倒すつもりなんですか？」

「いや、フローリングでやるのは危ないだろ。ベッドの上とかじゃないと」

「ベッドの上でわたしを押し倒し、両手両足を縛るわけですか」

「それはもう、そういうプレイにしか見えないな」

「じゃあ、こういうのはどうですか？　わたしをお姫さま抱っこして、ソファに寝かせてから足を縛るんです」

「でも、抱えてる状態で暴れられたら、落とすかもしれないし」

「暴れません。大人《おとな》しくしているので」

「それだとゾンビを捕獲する練習にならないのでは？」

「別にいいです。わたしがお姫さま抱っこをされてみたいだけなので」

「言っている意味がよくわからないんだけど……」

「深く考えなくていいので、早くソファに運んでください。あと、できればゾンビ化はやめて、人間の状態でやってほしいです」

「えっ……ゾンビの怪力を使わずに持ち上げられるかな――」

「それはわたしが重そうという意味ですか？」

「滅相《めっそう》もない。単に自分の筋力に自信がないだけだ」

「大丈夫に決まっているので、早く試してください」

日向さんが口を尖《とが》らせて命令してきたので、大人しく指示に従うことにした。

まさか人生において、こんな美少女をお姫さま抱っこする機会が訪れるとは……。

人間の姿に戻った後、左手を日向《ひゅうが》さんの背中に、右手を膝の裏にそれぞれ添え、一気に持ち上げる。

次の瞬間、日向さんの美しい顔が間近に迫った。今にもキスできそうな距離だ。

目が合った直後、俺たちは同時に顔を逸らした。至近距離で見つめ合うのは、照れくさすぎたのだ。

あらぬ方向を向いたまま、床に落とさないよう、慎重にソファまで運んでいく。

体が動く度、部屋着の薄い布越しに、胸から太ももまでの感触とぬくもりが伝わってくる。女の子は胸だけでなく、体全体がやわらかいんだという感動があった。

このまま密着していると、不埒《ふらち》な感情を察知されるかもしれない。急いでソファにリリースした。

「えへへ……なんかドキドキしました」

ソファに寝転がった日向さんは笑顔でそう言った。どうやら、こちらの下心はバレていないようだ。それならもう少し感触を楽しめば良かったかな……。

「ちなみにわたし、重くなかったですよね……？」

「他の人を持ち上げたことがないから、相場がわからん」

「なるほど。ではわたしの体は超絶軽いと思っておいてください」

「わ、わかった」

正直、胸が当たっていることで頭がいっぱいで、体重など気にしていなかったのだが……。

などと当初の目的を忘れかけた俺だが、そういえば今はゾンビを縛る練習中だった。日向さんの両足を引《ひ》っ掴《つか》み、素早く縄で縛る。心なしか、さっきより手際が良くなった気がする。

「この動作を繰り返せば、手足を縄で縛るコツを掴めそうだ」

「それはつまり、もっとわたしをたくさん縛って練習したいということですか？」

「すごく語弊《ごへい》がある質問だが、答えはイエスだ」

「仕方ないですね……それじゃあいったん縄を解《ほど》いてください」

「了解」

キツく結んだので、ハサミで麻縄を切って解放する。1回の練習で1メートル以上は消費したので、あまり練習しすぎない方がいいかもしれない――

ガンッ!!

唐突に玄関の方で、何かがドアに体当たりしたような音が発せられた。

「……先輩」

「ああ、たぶんゾンビだ。ちょっと様子を見てくる」

俺は1人で玄関に移動し、ドアスコープから外の様子をうかがう。

だが、そこには何もいなかった。別の場所に移動したのか、はたまたドアスコープからは見えない角度にいるのか。

音の正体を確認したいが、下手《へた》にドアを開けて、ゾンビが中に入ってきたら面倒だよな——

ガシャン!!

ドアの前で頭を悩ませていると、日向《ひゅうが》さんがいるリビングの方で、ガラスが割れる音が聞こえた。

「きゃあ!!」

騒音とほぼ同時に日向さんが悲鳴を発し、血の気が引いた。

リビングに駆け戻ると、庭に面している大きな窓ガラスが割られ、スーツ姿のゾンビが1人、侵入してきていた。

不幸中の幸いで、日向さんは窓から離れた場所におり、無傷のようだ。

すぐさまゾンビの前に立ちはだかると、背後にいる日向さんが怯《おび》えながら、こうつぶやいた。

「……お父《とう》……さん……」

そのゾンビの正体は、日向さんのお父さんだった。

「うぅぅ……アぁぁぁ……」

お父さんは生気のない瞳を日向さんに向け、不明瞭な呻《うめ》き声《ごえ》を上げた。

暗澹《あんたん》とした絶望に支配されながら、俺は臨戦態勢になる。

——しかし、お父さんがこちらに襲いかかってくる気配はない。

かといって、自我が残っているわけでもないようだが……。

「お父さん……」

日向さんは呆けた表情でつぶやき、1歩だけお父さんに近づいた。

するとお父さんは威嚇するように歯茎を見せ、鋭い歯の隙間から唾液を滴らせる。

だが、やはり飛びかかっては来ない。日向さんを真《ま》っ直《す》ぐに見据え、全身を痙攣《けいれん》させている。

なんとなくだが、攻撃するのを躊躇《ちゅうちょ》しているようだ。

「もしかして、お父《とう》さんの意志が少しだけ残っているんじゃないか……？　それで、日向さんを襲おうとするゾンビの本能と闘っているんじゃ」

お父さんが身につけているスーツと革靴は泥だらけだ。きっと家族が心配で、なりふり構わず家に戻ってきたのだろう。けれど、どこかでゾンビに噛《か》まれて――

「……先輩。わたし、お父さんを抱きしめてもいいですか？」

日向《ひゅうが》さんはお父さんと見つめ合いながら、涙声で言った。

「ただ呼びかけてもダメみたいなので、ぬくもりを伝えることで、わたしは大丈夫だよって教えてあげたいんです」

「……今はお父さんの意志と、ゾンビの本能が拮抗《きっこう》している状態なんだと思う。これ以上近づいたら、どっちに転ぶかはわからない」

「お願いします。お父さんをこのままにしてはおけません」

「……わかった。でも、気をつけてな」

「はい……!!」

日向さんは涙をぬぐい、決意を固めた表情になって、両腕を前に突き出した。

そのままお父さんとの距離を詰め、両手を背中に回し、恐る恐る抱きしめる。

「――ウガァァ!!」

体が密着した瞬間、お父さんは目を剥《む》き、日向さんの肩に噛みつこうとした。

俺は素早く右腕を顔の前に突き出し、代わりにお父さんに噛みつかせる。

前腕に鋭い歯が食い込み、血液が噴き出す。少しでも力を緩めたら、喰《く》いちぎられそうだ。

「先輩っ!!」

「大丈夫だ。それより、お父さんに呼びかけてやれ」

「はい……」

日向さんは両腕に力を入れ、お父さんをさらに強く抱きしめた。

「お父さん、わたしは大丈夫だよ。先輩が守ってくれたの」

「……うウぁぁアア……」

「わたしのことが心配で、家に帰ってきてくれたんだよね。本当にありがとう。これからは先輩がわたしのことを守ってくれるから、安心してね。……大好きだよ」

日向さんはつぶやくように言い、頬《ほお》を一筋の涙が伝い落ちる。

その瞬間、お父さんの噛む力が弱まった。

そして口内で、今にも消え入りそうな声が発せられる。

「……ハ……る……カ……」

直後、お父さんの全身から力が抜け、その場に倒れ込んだ。

「お父《とう》さん……?」

日向さんは恐る恐る呼びかけたが、反応はない。

お父さんは両目を閉じ、微動だにしなくなっていた。

横たわったお父さんの体を調べてみたところ、心臓は止《と》まっており、体温も呼吸もなかった。

しかし、肌は灰色のままなので、死んだとは限らない。

2人で話し合った結果、動かなくなったお父さんは1階の寝室に寝かせておくことになった。

いつ目を覚ますかわからず、次に起き上がった時は完全なゾンビになっているかもしれない。それでも拘束することは憚《はばか》られたので、動向に注意しながら過ごすことにする。

お父さんが音や振動に反応しないことを再度確認し、寝室を出た直後、前を歩く日向《ひゅうが》さんの足がふらついた。

「日向さん、大丈夫？」

「すみません……ちょっと疲れました」

「仕方ないよ。お父さんがゾンビになっちゃったんだから……」

「はい……。でも、まだ父が完全なゾンビになったとは限りませんよね……？」

日向さんは救いを求めるような目を、こちらに向けてきた。

★　★　★

「そのうち目を覚まして、先輩みたいに会話できるようになるかもしれませんし……」

「……ああ」

実際、その可能性は高いように感じる。お父さんは他のゾンビとは明らかに様子が違っていたからな。

「なので、必要以上に暗くなるのはやめましょう。父は賑《にぎ》やかなのが好きだったので、わたしたちが楽しく生活していたら、笑い声を聞きつけて、目を覚ますかもしれませんし……」

「…………」

あまり期待を持たせるのもどうかと思ったが、俺は今考えている仮説を共有することにした。

「さっきさ、マンションの近くを歩いていた時、ベランダにいたゾンビが飛び降りてきただろう？」

「——えっ？　……あっ、はい」

「あのマンションには、他にもベランダに出ているゾンビがいたんだよ。でも他のゾンビは俺たちを見ているだけで、飛び降りてこなかった。だから、もしかするとなんだけど、それぞれのゾンビによって行動する目的が違うのかもしれない。

何が何でも人間を襲いたいゾンビがいれば、そこまで行動的じゃないゾンビもいる。日向さんのお父《とう》さんが、まさにそんな感じだっただろう？　自我を失っていたものの、人間を襲うことよりも、大事な目的があるみたいだった」

「大事な目的……」

「おそらくお父さんは、ゾンビになる瞬間、『家族に会いたい』と願ったはずだ。そんな強い目的意識があったから、普通のゾンビと違っていた。そして目的を達成したから、お父さんは満足して動きを止《と》めたのかも」

「なるほど……。ゾンビが目的を達成したら、先輩みたいに自我を取り戻してくれるといいんですけどね……」

日向《ひゅうが》さんは力なくつぶやいた。相当に疲労しているようだ。

「日向さん、ちょっと休んだ方がいいんじゃないか？」

「でも、リビングの割れたガラスを片付けないと、危ないですし……」

「残念だけど、ゾンビがガラスを破って侵入してくるなら、ここを拠点にすることはできない。もっと安全な建物に移らないと」

「なるほど……。それなら、早く移動しなきゃですね」

「いや、もうすぐ夜だし、暗い中を動くのは危険だ。朝になってから行動開始しよう。日向さんは休める時に休んでおいてくれ」

「ありがとうございます……。じゃあ、お言葉に甘えさせてもらいますが、先輩はどうしますか……？」

「俺は大丈夫。ゾンビになったからか、全然疲れていないんだ。1階で見張っておくから、大船に乗ったつもりでいてくれ」

「わかりました……。では、先に休ませてもらいますが、何かあったら遠慮なく起こしてくださいね」

日向さんは少し安堵《あんど》したように言って、ゆっくり階段を上っていった。

残された俺はリビングに移動し、割れたガラスを片付けたり、麻縄をちょうどいい長さに切ったりと、今できることをやっておくことにした。

★　★　★

それから5時間ほどが経《た》ち、午後11時過ぎ。

真っ暗な家の中、日向さんが目を覚ましたらしく、恐る恐る階段を下りてきた。リビングのソファから立ち上がり、様子をうかがいに行く。

「……先輩がこの家にいるってことは、今朝《けさ》からの出来事は夢じゃなかったんですね」

日向さんは複雑そうな表情でつぶやいた。

「ああ。残念ながら、世界がゾンビだらけになったっていうのは、現実だ」

「なんだか、お兄《にい》ちゃんが死んだ日のことを思い出しました。いくら説明されても現実だとは思えなくて、ずっと頭の中に靄《もや》がかかっているみたいになって。そのまま倒れるように眠って、朝になったら頭がはっきりしてて、でもお兄ちゃんはもういなくて、現実だと受け入れるしかなくて……。

……すみません、こんな暗い話をしちゃって。先輩はゾンビに噛《か》まれた上、ご家族が見つかっていないのに……」

「いや、いいんだよ。少しは休めた？」

「はい、おかげさまで。先輩は休まなくて大丈夫ですか？」

「実は、ちょっと眠くなってきてる」

「それなら、今度は先輩が寝てください。わたしが起きてて、異変があったら起こすようにするので」

日向《ひゅうが》さんはそう言って、力こぶを作るような仕草をした。少しは元気になったようで良かった。

「じゃあ、遠慮なく休ませてもらおうかな」

「では、こちらにどうぞ」

日向さんに続いて階段を上っていくと、彼女の部屋に案内された。

室内は常夜灯だけが点《つ》いており、薄暗い。

「わたしのベッドを使ってください」

「……本当にいいのか？」

「えっ？　何か問題があるんですか？」

「問題っていうか、俺は男で、日向さんは女の子なわけだし……」

「でも、うちには先輩に使ってもらえる寝具が他にないんですよ。1階の寝室はお父《とう》さんが使っていますし、お兄ちゃんのベッドはずっと使っていないから、お客様に貸すのは抵抗がありますし……」

「まぁ、日向さんが嫌じゃなければいいんだけどさ」

「？　なんでわたしが嫌がるんですか？」

「女の子って普通、他人にベッドを使わせたくないものじゃないか？」

「たしかにそうですが、先輩ならまったく問題ないですよ」

日向さんは一点の曇りもない笑顔で言った。気を遣っているわけではなさそうだ。

「それなら、遠慮なく使わせてもらうな」

許可をもらえてしまったので、本人の目の前でベッドに横になった。

枕やタオルケットから、日向さんの甘い匂いが漂ってくる。なんだか、変に緊張してきた……。

ひとまず考えるのをやめ、目を瞑《つぶ》ってみる。

暗闇の中、2人分の呼吸音だけが微《かす》かに聞こえる。このまま時間をかければ、いつか眠ることができそうだ。

……だが、ジッとしていると、嫌でも今日あったことが蘇《よみがえ》ってくる。

クラスメイトが全員ゾンビに噛《か》まれ、家に戻ったら家族までも……。父親や親戚たちは安否不明だが、期待しない方がいいだろう……。そもそも俺だって、いつ自我を失うかはわからないのだ……。

恐ろしさに耐えられなくなって瞼《まぶた》を開けると、日向《ひゅうが》さんと目が合った。

「あ、すみません。見られていると寝づらいですか？」

「……いや、そうじゃなくて……」

思わず言葉に詰まっていると、日向さんは察したようだ。

「わかります。家族のこととか、どうしても考えちゃいますよね……」

「……ああ。考えても仕方ないってわかってるんだけどさ……」

天井に向かってつぶやくと、日向さんがおずおずと質問してくる。

「……あの、先輩。もしかしてわたしって、重荷になっていたりしますか？」

「……えっ？」

「だって、本当はご家族の安否を確認しに行きたいですよね？　先輩1人だったら、いくらでも動き回れるはずです。でもわたしを守らなきゃいけないから、単独行動できなくて――」

「それは違う！」

思わず上半身を起こし、勢いよく否定した。

「たしかにみんなの安否が気になってはいる。でも、日向さんが一緒にいてくれるおかげで、俺は救われているんだ。重荷になんて、全然なってないよ。

そもそも、俺が完全なゾンビにならずに済んだのは、日向さんのおかげだと思うんだ。ゾンビになりかけた瞬間、『日向さんのことを守らなきゃ』って強く思ったから。

だから……自分が重荷になっているかもなんて、二度と考えないでくれ」

「先輩……ありがとうございます……」

日向さんは安堵《あんど》したのか、目を潤ませた。

「弱気なことを言って、悪かった。こんな世界だから多少は仕方ないけど、不安になることは、なるべく考えないようにしよう。どうせ思案するなら、建設的なことの方がいい。たとえば、朝になったらどんな行動をするべきか、今のうちにシミュレーションしておくとか」

「わかりました、気をつけるようにします。

……えっと、朝になったら、わたしはご飯を作りますね。冷蔵庫の中に、まだ野菜とかがあったので」

「よろしく頼む。それを食べたら、食料の調達に行かないとな」

「わたしは一緒に行けないですよね？」

「やめた方がいいと思う。……日向《ひゅうが》さんは安全なところで待っていてほしいけど、そんな場所あるのかな……」

「普通の民家じゃダメですよね？」

「ああ。理想は、周囲をフェンスとかで囲まれている建物なんだが……」

「それなら、うちの女子高の寮はどうでしょうか？　一度見学に行ったんですが、不審者が入り込まないよう、柵で囲まれていたはずです」

「いいな。まずはそこに行ってみよう」

「他に、今のうちにやっておいた方がいいことはありますか？」

「ゾンビとの戦い方を考えていて、もっと防御力の高い装備が必要だと思ったな。もしもの時に備えて、日向さん用に金属製の鎧《よろい》を準備できたらいいんだが――」

「でも鎧って重そうですし、走って逃げられなくなりそうですよね」

「あー、たしかに。じゃあ、ガントレットみたいなのを着けるのはどうだろうか？」

「がんとれっと？」

「指先から肘くらいまでを覆う金属製の防具だ。両腕が守られていれば、ゾンビに襲われても押し返せそうだろう？」

「なるほど。でも、それってどこで手に入るんですか？」

「……どこだろうな」

これまでガントレットが必要になったことがないから、見当もつかない。スマホでお店を検索することもできないし……。

「なんとか工夫して作れないか考えてみよう」

こうして日向さんと話していると、さっきまで胸の中に渦巻いていた負の感情が、少しずつ浄化されていくのを感じる。

いくら現状を嘆いたところで、世界は優しくしてくれない。俺たちは歯を食いしばって、生きていかねばならないのだ。

……まあ、俺はゾンビだから、生きているかは微妙なところだけど。

2日目

目を覚ますと室内は薄暗く、まだ夜明け前だった。一瞬遅れて、ここが自分のベッドではないことを思い出す。

すぐさま上半身を起こすと、近くで正座していた日向《ひゅうが》さんと目が合った。

「先輩、おはようございます」

「……日向さんがいるってことは、夢じゃなかったわけだな」

「やっぱり起きてすぐってそういうリアクションになりますよね」

「そりゃあ、突然こんな途方もない世界になったわけだからな……」

できれば夢であってほしかった。家族も友人も、みんなゾンビになってしまったなんて……。

――って、ダメだダメだ。後ろ向きになることは考えないようにすると、昨夜《ゆうべ》決めたばかりじゃないか。

「ちなみに、俺はどのくらい寝てた？」

「5時間くらいですね。まだ眠ければ、二度寝してもいいですよ？」

「いや、大丈夫。1回寝たおかげで、だいぶ頭がスッキリしたよ」

「良かったです。一応現状報告をすると、父は眠ったままのようです。あれ以降ゾンビは侵入してきていません。スマホは相変わらず繋《つな》がらないです」

「なるほど。状況が悪化していないだけ、良しとしなきゃいけないか……」

現実を受け入れたところで俺たちは1階に移動し、日向さんに朝食を作ってもらうことになった。

「先輩は朝は洋食ですか？　和食ですか？」

「家では和食だな。本当はパンで軽く済ませたいんだけど……」

「朝食はしっかり食べた方がいいですよ。特に味噌汁《みそしる》は栄養満点なのでオススメです。あと、納豆やヨーグルトなどの発酵食品も食べましょう」

「なんか日向さんって、お母《かあ》さんみたいなことを言うな」

「今日から先輩の健康管理は、わたしがやってあげましょう。大船に乗ったつもりでいてくださいね」

日向さんは得意げに胸を張った後、朝食の準備を始めた。ネギや豆腐を手際よく切り、鍋で煮ていく。

俺はというと、日向さんに用意してもらった複数の段ボールを使い、窓の割れた箇所を塞ぐ。もうすぐ出ていくとはいえ、処置しないでおくのは気になるからな。

なんとか塞ぎ終わったところで、テーブルにどんどん料理が運ばれてきた。ご飯と納豆、具だくさんの味噌汁《みそしる》、焼き鮭《ざけ》、目玉焼きとベーコン、小松菜のお浸し。サバイバル中とは思えない品数の多さだった。

「冷蔵庫にあった食材をなるべく使い切ろうと思いまして。卵はたくさんあるので、卵焼きを作ってお弁当にしようと思います。先輩は甘いのと甘くないの、どっちがいいですか？」

「甘いので頼む」

日向《ひゅうが》さんの家事力の高さに感心しつつ、用意してもらったご飯に舌鼓《したつづみ》を打つ。

やがてお腹《なか》いっぱいになったところで、女子寮に向かう準備をすることになった。

在校生であることが一目でわかるよう、日向さんは部屋着から制服に着替えた。さらに、お母《かあ》さんがこの家に戻ってきた時のために、書き置きを準備し始める。

一方、俺はこの家にある保存食やお菓子を登山用のバッグに詰めていったのだが、それだけでパンパンになった。

「ちなみに、寮までは車で行くんですよね？」

手紙を書き終えた日向さんが、さも当然のように質問してきた。

無免許運転には抵抗があるが、車以外に安全な移動方法がないことも事実だ。

「日向さん、車の動かし方ってわかったりする？」

「いけると思います。いつも助手席で父や祖父を見ていたので」

「であれば、お願いしたい。俺は何一つわからないから……」

「了解です」

　こうして話がまとまり、俺たちは食料や衣服など、必要な荷物をすべて車のトランクと後部座席に載せていった。

　そして出発の準備が整うと、日向さんはお父《とう》さんの顔が見たいと言った。

　2人で寝室に行ってみると、ゾンビになったお父さんは、眠ったままだった。

　日向さんは腰を下ろし、布団をめくってお父さんの手を握る。

「……お父さん、行ってくるね」

　その辛《つら》そうな声音を聞き、思わず日向さんの横に正座する。

「晴夏《はるか》さんのことは、必ず俺が守ります。時々2人で様子を見に戻ってきますから、安心して休んでいてください」

　すると日向さんは目を丸くした後、照れくさそうに微笑《ほほえ》んだ。

「なんだか、わたしが先輩に嫁いでいくみたいですね」

「お父さんが寝ている横でリアクションに困ることを言わないでほしい」

「大丈夫です。もしも聞こえていたら、娘の門出を祝ってくれるはずなので」

「そうか……？　娘が異性と仲良くしているのを見て、心穏やかでいられる男親なんていないと思うが……」

「じゃあ、わたしたちがイチャイチャすれば、お父《とう》さんが目を覚ますかもしれませんね。ちなみにわたしは今、先輩に初めて名前で呼ばれて、ドキッとしました。今後はわたしのことを『晴夏《はるか》』って呼び捨てにしてください」

「本当にイチャイチャしようとするんじゃない」

とはいえ、日向《ひゅうが》さんは少しだけ立ち直れているようなので、俺は胸をなで下ろした。

お父さんが今どういう状態かわからないが、いつか俺と同じように生活できれば……。

「それじゃあ、出発しましょうか」

日向さんはすっくと立ち上がり、玄関へと向かっていった。

周囲を警戒しながら外に出て車に乗り込み、運転席の日向さんがエンジンをかける。

「ラッキーですね、ガソリンは半分以上残っていますよ」

「メーターの見方がわかるのか？」

「祖父に教わったことがあるので。それじゃあ、さっそく寮に向かいましょう」

「安全運転で頼むぞ」

「先輩は心配性ですね。ていうか、もし事故に遭っても、先輩はゾンビなんだから死なないじゃないですか」

「もちろん俺はどうなってもいいんだが、日向さんにもしものことがあったら困る」

「不意打ちで格好《かっこ》いいことを言わないでください」

「日向さんのことは必ず俺が守るって、お父さんと約束したからな」

「正確には『晴夏さんのことは、必ず俺が守ります』って言っていましたけどね。……もう下の名前で呼んでもらえないんですか？」

「えっ？　呼び捨てにしてほしいって、本気だったのか？」

「当たり前じゃないですか。名前で呼んでもらえるまで出発しませんよ」

「それは困る」

「じゃあ早く『晴夏』と呼んでください。呼ばれるまで、この車は前進しない仕組みになっています」

「……晴夏」

「えへへ、ありがとうございます。それじゃあ、発進しますね。ちなみに、わたしのことを苗字《みようじ》で呼ぶと車が急停止する可能性があるので、気をつけてくださいい♪」

日向さん――もとい晴夏はイタズラっ子のように笑いつつ、何やらレバーを操作し、車をゆっくり前進させはじめた。

年下の女子高生が運転する車の助手席に乗っているという、ものすごい状況である。

晴夏《はるか》は真剣な表情でハンドルを操作し、車庫から出ることに成功した。

「すごいです、ハンドルを回すとちゃんと車が方向転換して……！」

晴夏は興奮気味に語り、エンジン音に反応して迫り来るゾンビたちを躱《かわ》していく。

「なんかゲームみたいで楽しいですね～」

「さすがに運転が上手《うま》すぎないか？　本当に今日が初日？」

「意外と簡単なんですよ。後で先輩もやってみてください」

晴夏は楽しそうに言い、生活道路を抜けて幹線道路に入った。

そこは酷《ひど》い有様だった。黒焦げになった事故車が至るところにあり、その合間をゾンビたちが徘徊《はいかい》している。

ゾンビたちが一斉に向かってくるので、反対車線を逆走するなど、交通ルールを無視して進んでいく。

だが、事故車が連なっていたりして、完全に道が塞がっているところも多かった。そういう時は迂回《うかい》したり、俺が降りて障害物をどける。

終始こんな調子で、数百メートル進むのも一苦労だった……。

★　　★　　★

かなり時間はかかったものの、晴夏が通っていた女子高の近くまでやって来た。

エンジン音でゾンビを集めてしまうので、少し離れた場所に車を駐《と》め、徒歩で女子寮に向かう。

道中遭遇するゾンビを捕縛しつつ女子寮に向かっていると、晴夏が通っていた女子高の前を通った。

様子をうかがってみると、校庭だけでもかなりの数のゾンビがいた。あの中に晴夏の友だちもいるのだろうか……。

さらに1分ほど歩くと、目的地である女子寮が見えてきた。建物は頑丈な黒い鉄柵で囲まれており、敷地内にゾンビは見当たらない。期待に胸がふくらむ。

だが、入口の門は施錠されており、鍵がないと開かないようだ。

「どうやって中に入りましょうか？」

そう問われ、改めて鉄の柵を眺める。高さは2メートルちょっとというところだが、途中に足をかけられそうな箇所はない。俺1人ならゾンビ化して腕の力を強化し、登ることができそうだが……。

「車をここまで持ってきて、足場にするってのはどうだ？」

「それだと車をここに置きっ放しになりますよね？　通りかかったゾンビが、同じ方法で柵を越えてくるかもしれませんよ？」

「たしかに……。梯子《はしご》でもあればいいけど、そんな都合良くはいかないよな……」

「あまり時間をかけられないわけですし、肩車するというのはどうでしょうか？」

「……それが一番手っ取り早いか。もちろん俺が下だよな？」

「そうですけど、なんでちょっと嬉《うれ》しそうなんですか？」

晴夏《はるか》はジト目を向けてきた。今一瞬スカートを見たことがバレたようだが、しらばっくれよう。

「断じて嬉しそうになどしていない」

「言っておきますが、スカートの中が見えてもいいようにレギンスをはいているので」

「えっ、そうなのか？」

「今ガッカリしましたね？」

「していない。むしろホッとしたくらいだ」

「先輩が見たいなら、レギンスを脱ぎますが？」

「い、いや、それは……」

「もちろん嘘《うそ》ですよ。動揺しすぎです」

「……早く肩車するぞ」

俺は平静を装いつつ、鉄柵の近くで屈《かが》んだ。

「……それでは、失礼しますね」

晴夏は少し恥ずかしそうに言って、背後から俺の右肩に脚を乗せてきた。さらに左肩にも脚をかけ、体全体が俺に委ねられる。

頭部が晴夏のふとももに挟まれ、うなじにはスカートが当たっているという、ものすごい状況だ。

視覚も触覚も最高すぎるが、幸せを噛《か》み締《し》めている場合ではない。

邪念を振り払って立ち上がろうとしたが、慣れない動きなので、少しバランスを崩してしまった。

「――わっ！」

晴夏は俺の肩にしがみつこうとし、頭頂部にやわらかいものが押しつけられた。ふとももとはまた別種のやわらかさだった。

……体勢的に、今当たったのは下乳だよな……。

などと喜びながらも急いで立ち上がり、鉄柵に密着する。

「晴夏、乗り越えられそうか？」

「はい、柵の最上部に手が届きました」

その報告の直後、真っ白なふとももが俺の頬《ほお》をなでながら上空へ移動しはじめた。

――と、晴夏が俺を跨《また》ぎ越えようとし、スカートの裾が視界に入った次の瞬間、また頭頂部にやわらかい何かが触れた。

「――あっ！」

晴夏《はるか》は焦ったような声を出したかと思うと、すぐさま鉄柵に飛びついた。

しかし、晴夏の細い腕では、自分の体を引き上げるのは大変そうだ。

「先輩、わたしの体を押し上げてもらえませんか？」

「了解した」

宙に浮いている両方の靴底を持ち、一気に押し上げる。

晴夏の上半身が柵の最上部を乗り越えたので、そのまま向こう側に行けそうだ。

ちなみに、この角度からはスカートの中が丸見えで、レギンスをはいていても刺激的な光景であることに変わりはなかった。

思わず、さっき頭頂部にあのおしりがぶつかったんだよな……なんていう考察をしてしまう。

下劣なことを考えている間に無事、晴夏が向こう側に降り立った。次は俺の番だ。

「――動かないでください！」

突然、すぐ近くで鋭い声が発せられた。思わず動きを止《と》める。

数瞬後、建物内から袴姿《はかますがた》の女性が現れ、俺に向かって弓を引き絞った。

「申し訳ありませんが、トラブル回避のため、この寮は男子禁制です。この子はいいですが、あなたの立ち入りは認められません」

腰まで届く茶色い髪の女性はそう言って、俺を睨《にら》みつけてきた。不審な動きをしようものなら、すぐさま射貫《いぬ》かれそうだ。

とりあえず両手を上げて、交渉を試みる。

「俺は武器を持っていませんし、敵対の意志はありません。せっかく生存者と会えたんですから、協力できませんか？」

「残念ですが、お断りします」

「こちらには食料や生活物資を調達する手段があります」

「その言葉の真偽を確かめられないので、交渉には応じられません」

「では、実際に食料を持ってきたら信じてもらえますか？」

「寮内にも食料の備蓄はあります。あなたの本性がわからない以上、危険な橋は渡れません」

その女性は弓を引き絞ったまま、俺の提案を拒絶し続けた。男というだけでかなり警戒されているようだ。今は警察が機能していないから、仕方ないとは思うが……。

しかし、厳しい口調とは裏腹に、その表情からは迷いを感じ取れた。俺を追い返さなければならないことに罪悪感を覚えているようだ。

であれば、食い下がり続けて心証を悪くするより、譲歩する方が得策か。

「わかりました。俺が建物に入ることは諦めます。

ただ、1つ確認させてください。女性である晴夏《はるか》がこの寮で過ごす分には問題ないんですね？」

「もちろんです。この子はうちの高校の生徒のようですから、信頼もできますし」

「なるほど……」

想定外の事態だが、悪いことばかりではない。晴夏をここに残しておけば、俺1人で物資調達に行けるのだから。

そんなことを考えていると、晴夏と目が合った。

「先輩。まさかとは思いますが、わたしをここに置いていくつもりじゃないですよね？」

「安全な拠点が見つかったら迎えに来るから。それに、1日1回は生活物資を届けに来るし——」

「ダメです」

晴夏は有無を言わせぬ口調で告げた。

「先輩がここに残れないなら、わたしも一緒に出ていきます」

「……安全かわからないところに晴夏を連れていくのが不安なんだよ。まずは俺1人で探索に行ってくるから」

「そんなの、先輩が守ってくれればいいだけじゃないですか」

「ワガママを言わないでくれ。俺はお父《とう》さんと、必ず君を守るって約束したんだから」

「約束したんですから、途中で投げ出さないでください。もしこの寮のどこかにゾンビが潜んでいたらどうするんですか」

「──あっ。言われてみたら、その可能性はあるな……」

寮内の安全を確認せずに晴夏《はるか》を預けるのは、たしかに怖い。

すると、俺たちの会話を聞いていた女性は弓矢を下ろし、晴夏に問いかける。

「どうするのですか？　出ていくというなら、門を開けますが」

「わたし1人で残ろうとは思いません。ここから出してください」

「わかりました。では門の鍵を開けますが、隙を突いて中に入ろうとしないでください。妙な動きをすれば、すぐに射貫《いぬ》きますから」

女性は矢を番《つが》え直し、俺に疑いの視線を向けてきた。

「そんなことしませんって。……あ、それから、生活物資で必要なものがあれば言ってください。俺たち後でスーパーに行くので、一緒に取ってきます」

「──はいっ？」

女性は虚を突かれたらしく、一瞬だけ両目を大きく見開いた。

「……なんでそんなことを提案するんですか？」

「？　なんでって、食べ物は必要でしょう？」

「そうではなく……。なぜ自分を拒絶した相手に、施そうと思えるのですか……？」

女性は動揺しながら質問してきた。本気で俺の申し出の意図が理解できないようだ。

……そうか。ゾンビに耐性がある俺からしたら助けるのは当然なのだが、普通はそんな余裕はないのか──

「うオゥあァア……」

不意に背後からゾンビの呻《うめ》き声《ごえ》が聞こえてきた。

振り返ると、そのゾンビは晴夏と同じ制服を着ていた。俺たちの話し声に反応して、近づいてきたのかもしれない。

「──大変！」

女性はすぐさま鍵を取り出し、門を解錠しながら叫ぶ。

「早く中に！」

「いや、男子禁制なんだから、俺を入れちゃダメでしょ」

そう言いながら近くにあった握り拳大の石を拾い、噛《か》みつこうとしてきた女子高生ゾンビの口に突っ込んだ。

さらに素早く背後に回り込み、後ろ手に縛り上げる。

だが縛っている途中で、先ほど口に突っ込んだ石がこぼれ落ちた。女子高生ゾンビは体を激しく上下させ、何とか俺に噛《か》みつこうとしてくる。

このゾンビはかなり凶暴だ。手足を拘束だけでは足りないかもしれない。暴れても大丈夫なよう、どこかに固定できればいいんだが――

周囲を見回すと、電信柱が目に入った。アレならゾンビが暴れても壊れることはないだろう。

寮の近くに繋《つな》ぎ止《と》めると怖いだろうから、10メートルほど引きずっていき、麻縄で女子高生ゾンビの首を電信柱にガッチリ固定する。

動きを封じられた女子高生ゾンビは、歯を剥《む》き出《だ》しにし、俺に噛みつこうとしてくる。

しばらく観察してみたが、首や腕の縄を外す知恵はないようだ。

女子寮に戻ると、袴姿《はかますがた》の女性は門を半開きにした状態で固まっていた。

「……あなたは、ゾンビが怖くないのですか？」

そう質問され、返答に詰まった。ゾンビに噛まれても問題ないことを話してもいいが、今後ここに晴夏《はるか》を預ける必要が出てくるかもしれない。俺が異端であることは隠しておいた方がいいだろう。

「ゾンビは怖いですが、自分以外の誰かが噛まれることの方が怖いので」

一般人がゾンビに立ち向かう時の感情は、きっとこんな感じなはずだ。知らないけど。

「……もう1つ聞かせてください。なぜゾンビを殺さなかったのですか？　縛り上げるより頭部を破壊する方が、噛まれる危険が少なくて済むのに」

「だって、もしかしたらゾンビを元に戻す方法があるかもしれないじゃないですか。その方法がわかった時に、後悔したくないですから」

単にゾンビを殺す度胸がないだけなのだが、少し格好《かっこ》つけてみた。

すると女性は覚悟を決めた表情になり、門を大きく開いた。

「これまでの非礼を詫《わ》びます。どうか、あなたもこの寮に住んでください」

「——えっ？　でも、男子禁制なんじゃ？」

「男性の侵入を拒むのは、私が未熟者で、その人が問題を起こすかどうか見分けられないからです。私にはこの寮にいる子たちを守る義務があるので、心を鬼にして対応したつもりでした。

けれどあなたは誠実で、大丈夫そうだと感じました。もちろんリスクは0ではありませんが、ゾンビに立ち向かう勇気を見て、コミュニティに加えた際のリターンの方が大きいと判断しました。

……弱みを見せないようにしていましたが、私たちには食料を調達する手段がありません。ここで籠城を続けていても、いずれ餓死する未来しかないのです。……でも、本当にあなたが食料を取ってきてくださるのであれば、生き延びることができます」

女性は俺をまっすぐに見据え、希望に満ちた表情で語った。

「申し遅れました。私は高校3年の月城舞《つきしろまい》と申します。月光の月に姫路城《ひめじじょう》の城、日本舞踊の舞で月城舞です」

「えっと、俺は高校2年の幸坂優真《こうさかゆうま》です。幸せな坂と書いて幸坂で、優しいの優と真実の真で優真です」

などと自然な流れで自己紹介していると、晴夏《はるか》が俺たちの間に割って入ってきた。

「わたしは1年の日向《ひゅうが》晴夏です。日に向かうで日向、晴れた夏で晴夏です。

ちなみに、先輩はわたしのことを愛しまくっているので、他の女の子にちょっかいを出す心配はありませんよ。ねっ、先輩？」

晴夏は小首をかしげつつ無邪気な口調で質問してきたが、目は笑っていない。

「も、もちろんだ」

「そんなわけで、先輩のことはわたしが責任を持って、24時間おはようからおやすみまで見張っておくので安心してください」

晴夏がそう言って豊満な胸を張ると、月城さんは苦笑した。

「わかりました。幸坂さんと日向さん。本日よりよろしくお願いいたします」

★　　★　　★

その後、月城さんはいったん寮の中に入っていき、他の生存者たちに事情を話して戻ってきた。

「お待たせしました。他の2人に幸坂さんと日向さんのことを話し、一緒に建物を使うことを承諾してもらいました」

つまり、ここに留《とど》まることを正式に認められたわけだ。拒否される可能性は十分にあったので、胸をなで下ろしつつ、質問する。

「この寮にいる生存者は、みなさん同じ高校の生徒なんですか？」

「はい。3年の星宮《ほしみや》リサさんと、2年の一ノ瀬《いちのせ》あゆみさんです。

星宮さんはあまり生活態度が良くなく、昨日は学校をサボって部屋でゲームをしていたおかげで、ゾンビに遭遇せずに助かったみたいですね。

一ノ瀬さんは逆にものすごく真面目《まじめ》な子です。昨日は風邪《かぜ》で休んでいて、ゾンビに遭遇せずに済みました。内気な子なので、すぐには打ち解けられないかもしれませんが……」

「大丈夫です。なるべく近づかないようにするので」

「お願いします。それから……不躾《ぶしつけ》なお願いとなってしまい大変恐縮なのですが、寮内にゾンビがいないか、チェックしていただけないでしょうか？　本来は私がやるべきことなのですが、門から離れるわけにはいかないので……」

「お安いご用ですよ。むしろ安全確認は、こっちからお願いしたいくらいですし」

こうして俺と晴夏《はるか》は、寮内にゾンビが潜んでいないか、すべての部屋をチェックすることになった。

月城《つきしろ》さんによると、この寮は5階建てで、部屋数は50。部屋の広さは8畳で、1室を2人で使うことが想定されており、勉強机2つと2段ベッド1つが置かれているらしい。

1階の端から順番に部屋に入っていき、クローゼットの中やベッドの下など、人が隠れられそうな場所を確認していく。

ほとんどの部屋は昨日の朝まで普通に使われていたので、女の子たちの私物が散乱していた。中には下着が出しっ放しになっている部屋もあるのだが、ゾンビが潜んでいる可能性がある以上、俺が最初に入らなければならない。なるべく見ないようにしながら、機械的にチェックしていく。

「……先輩。この寮のどこかにゾンビが隠れている可能性ってあるんですかね?」

20部屋ほど確認し終えたところで、晴夏がそんなことを言い出した。どうやら、もう飽きたようだ。

「月城先輩たちが1晩過ごしたわけですし、ゾンビがいたらとっくに遭遇しているのでは?」

「そうとは限らないだろ。たとえば、ゾンビに噛《か》まれた人がこの寮に逃げ込んでベッドの下に隠れて、その後ゾンビ化したけど這《は》い出《で》ることができなくなっている可能性はある」

これまでに遭遇したゾンビは皆、知能が低かった。どこかで身動きが取れなくなっていたとしても不思議はない。

「それでそのゾンビが、何かの拍子に出てきて生存者を襲うかもしれない。ていうか、寮内にゾンビがいるかもしれないって言い出したのは晴夏だよな？」

「アレはわたしを置いていこうとした先輩を思い止《とど》まらせるために、咄嗟《とっさ》に口から出たことなので」

「そういうことか。でも1％でも可能性があるなら、確認しておかないと気が済まない」

というわけで寮内のチェックを続けていくと、4階にある一ノ瀬《いちのせ》あゆみさんの部屋の前に着いた。

この部屋を調べる必要はないが、一応挨拶をしておくことにする。

ノックすると、中からか細い返事が聞こえ、ドアがほんの少しだけ開いた。

ドアチェーンはつけられたままで、黒髪の背が低い女性が恐る恐るといった様子で顔を覗《のぞ》かせる。

「すみません、今日からここでお世話になることになった幸坂優真《こうさかゆうま》と、日向晴夏《ひゅうが》です。ご挨拶をさせていただければと思いまして」

「あっ……はい……。先ほど月城さんから……」

一ノ瀬さんは明後日《あさって》の方向を見ながら、小声で返答した。天敵と遭遇した小動物みたいに怯《おび》えている。

「ところで、昨日は風邪《かぜ》で休んでいたと聞きましたが、体調はどうですか？　薬とか栄養ドリンクとか、必要なものがあれば取ってくるので、遠慮なく言ってください」

そう質問すると、一ノ瀬《いちのせ》さんの表情が、少しだけ和らいだ。

「ありがとうございます。でも、もう治ったので……」

「そうですか、良かったです。──では、失礼します。お大事になさってください」

「ありがとうございます。ありがとうございました……」

首が折れるんじゃないかってくらい何度もお辞儀する一ノ瀬さんに見送られ、俺と晴夏《はるか》は確認作業を再開する。

その後、4階をすべてチェックし終わり、5階にある星宮《ほしみや》リサさんが使っている部屋にたどり着いた。

ノックをするとすぐにドアが開き、金髪の美少女が顔を出す。

「すみません、今日からここでお世話になることになった──」

「あっ、月城《つきしろ》から聞いてる。今日からよろしくね～」

ドアを全開にし、明るい声で出迎えてくれたのは、非常にスタイルが良い女性だった。

黒いキャミソール姿で、思わず胸元に目が引き寄せられる。

……もしかすると、晴夏より大きいかもしれない……。

「ごほん、ごほん」

背後に立つ晴夏《はるか》がわざとらしく咳払《せきばら》いをした。俺の表情は見えていないはずなのに、なぜ感情を読まれたのか。

「アタシ、星宮《ほしみや》リサ。キミは幸坂《こうさか》くんだよね。ゾンビを縛り上げちゃったんでしょ？　すごいじゃん」

「いや、まぁ……」

「アタシさ、まだ遠目にしかゾンビ見てないんだよね。月城《つきしろ》が危ないからって、寮から出してくれなくて。

昨日は授業サボって部屋にいたんだけど、突然ゲームがネットに繋《つな》がらなくなってさ。んでふて寝してたら悲鳴みたいなのが聞こえてきて、とりあえず1階に移動したら月城が大急ぎで戻ってきて、門を閉めちゃったんだよね」

星宮さんは勢いよく捲《まく》し立《た》てた後、真面目《まじめ》な表情で質問してくる。

「ねぇ、まだ信じらんないんだけど、本当にゾンビなの？　映画みたいに噛《か》もうとしてくるわけ？」

「本当にゾンビで、すごい勢いで噛もうとしてきます」

「そっか……。学校にいたみんな、大丈夫かな……」

星宮さんは心配そうにつぶやいた。きっと月城さんは、あえて詳しく説明していないのだろう。さっき校舎の横を通った時、中がゾンビだらけだったことは話さないでおく。

「ところでさ……幸坂くん。食料を取りにいくかもっていうのは、本当……？」

「はい、そのつもりです」

「度胸すごいね！　マジでよろしくお願い！」

星宮さんは俺の右手を両手で握り、懇願してきた。彼女からすれば、俺は救世主みたいなものなのだろう。とはいえ俺にはゾンビになれるという内緒のアドバンテージがあるだけなので、リアクションに困る。

それでも歓迎されたことは嬉《うれ》しく思いつつ、星宮さんの部屋を辞去した。

だが、部屋のドアが閉まった直後、晴夏に壁際に追いやられ、尋問される。

「先輩さっき、星宮先輩の胸に目を奪われていましたよね」

「な、何のことかな」

「大きければ誰でもいいんですか」

「いや、そういうわけじゃないけど……」

「じゃあ、星宮先輩が美人だからですか」

「…………」

「むぅ……」

言葉に詰まった俺を見て、晴夏は頬《ほお》をふくらませた。

「目が行くのは仕方ないだろ。本能みたいなものなんだから」

「わたしのおっぱいを、あれだけ堪能しておいて……」

「そう言われると、返す言葉がない」

「二度と見ないと誓うなら、許してあげます」

「……なるべく視界に入れないように善処する」

「嘘《うそ》をつかない姿勢は認めますが、なんでも正直に言えばいいってものじゃないと思います」

「だって、同じ建物で暮らしていたら、視界に入れないのは無理だと思うし……」

「先輩ってゾンビだから、目を潰しても大丈夫なんでしたっけ？」

「ダメに決まってるよね？」

怖いことを言わないでほしい……。

などと無駄話をしている場合ではない。この問題は棚上げにし、調査を再開する。

その後も寮内チェックを続けていったのだが、俺の心配は杞憂《きゆう》に終わった。キッチンや大浴場までを含めたすべての部屋を捜索したが、ゾンビの姿はなかったのだ。

安心したところで、次は車を取りにいくことになった。俺1人で駐車場所まで行き、晴《は》夏《か》の見よう見まねで運転する。

だが、車の運転は想像以上に難易度が高かった。アクセルを踏み込む強さ、ハンドルを回す角度、バックする時の後方確認。すべてが難しく、晴夏のセンスの良さに脱帽した。

たっぷり時間をかけ、何とか寮まで戻ってきた俺は、車に乗っている荷物をすべて運び入れた後、近所のスーパーに向かう準備を始める。

「本当にいいんですか……？」

物資調達に行くことを月城《つきしろ》さんに伝えると、真剣な表情で念押しされた。

「今この寮にある食料で、１週間は生きていけます。今日行かなくても……」

どうやら、俺に１日でも長生きしてほしいようだ。死地に送り出すと思っているのだから、当然の反応か。

「必ず生きて帰ってくるので、心配無用です。どうせいつか行くことになるなら、生鮮食料品が腐る前に持ってきたいですし」

「そうですか……。ご無事をお祈りしております……」

月城さんはそう言って、深々と頭を下げた。俺は嘘をついていることに罪悪感を覚えつつ、車に乗り込もうとする。

だがそこで、晴夏が建物から出てきた。

「見送りに来てくれたのか？」

「はい。食料をいっぱい強奪してきてくださいね」

「言い方……」

「店員さんがいなくなったスーパーから物資を盗み放題なんて、すっごく楽しそうですよね。そのうちわたしもやりたいです」

「……スーパーの安全を確保できたら、一緒に行こうか？」

「ぜひ！　２人で火事場泥棒するの、楽しみにしていますね！」

「だから言い方……」

俺は苦笑いしながら、スーパーに向かって発車した。

★　★　★

ひとまず、寮から一番近いスーパーに来てみたのだが、その周囲には数え切れないほど大量のゾンビがいた。

しかも、エンジン音に反応して一斉に近づいてきたので、慌ててブレーキを踏む。

あの数に囲まれて四方八方から噛《か》みつかれたら、さすがにヤバそうだ。少し離れたところに停車した後、路地に移動した。

そこで向かい来るゾンビたちを待ち受け、１人ずつ縛り上げて、地面に転がしていく。

やがて、駐車場付近にいたゾンビは、すべて捕縛し終わった。続いて店内に入り、ゾンビたちを入口に引きつけて、同じことをしていく。

だが、途中で麻縄がなくなってしまった。仕方なく、ゾンビが闊歩《かつぽ》する店内で代用品を探す。

幸い、このお店はスーパーとホームセンターが半々というような構造で、資材コーナーには縄が大量に陳列されていた。

その後もかなりの時間をかけて、累計50人以上を縛り終えた。さすがに骨が折れた。

とはいえ、そこら中にゾンビが転がっていては、心が安まらない。足を持って1人1人を引きずっていき、バックヤードに運び込んだ。

そうして店内の安全が確保できた頃には、13時を過ぎていた。早く食料品を持って帰るとしよう。

ここに置いてあっても腐っていくだけなので、まずはお寿司《すし》やステーキなどの消費期限が近い食材を次々買い物カゴに入れていく。ネギやキャベツなどの野菜も、少しずつもらっていこう。

すぐにカゴがいっぱいになったので、車をスーパーの入口前に移動し直し、商品を積み込んだ。

値段を気にせずスーパーの商品を持ち出す作業は、ものすごく面白かった。

さっきは晴夏《はるか》が不謹慎なことを言っていると思ったが、間違っていたのは俺の方かもしれない。

やっていることはほとんど強盗なのだが、生き延びるためには仕方がないので、このスーパーの関係者には勘弁してもらいたい。

途中、晴夏《はるか》が作ってくれた卵焼きを食べて体力を回復したりしながら作業を続けていき——助手席と後部座席とトランクに、食料でいっぱいにした買い物カゴ5個を積み込み終わった。

これだけもらっても店内の食料品はほとんど減っていない気がして、心強い。缶詰やフリーズドライ商品もかなりあったので、しばらく食料の心配はしなくて良さそうだ。

もちろん、他の生存者がこのスーパーに来るかもしれないので、すべて俺たちのものになるとは限らないのだが。

帰り際、スーパーの入口に張り紙をしておくことを思いついた。文房具コーナーにあったノートを破き、女子高の寮に5人で避難していると書いて、セロテープで自動ドアに貼る。生存者がいた場合、これで接触できるかもしれない。

★　★　★

安全運転で女子寮に戻ると、玄関で見張りをしていた晴夏と月城《つきしろ》さんが駆け寄ってきて、門を開けてくれた。

「幸坂《こうさか》さん!!　よくぞご無事で……!!」

「だから言ったでしょう、先輩は最強だから心配いらないって」

感激している月城さんに向かって、晴夏が得意げに胸を張った。

とはいえ、月城さんからすれば、食料調達は命がけの冒険なのだ。ゾンビ化のことを疑われないように、もっと苦労して戻ってきた感を出した方がいいかもしれないが――

「晴夏の言う通りです。俺は最強なので、生活物資の調達は任せてください」

今必要なのは安心感だろうと判断し、力強く宣言した。

すると月城さんは頬《ほお》を赤らめ、そっぽを向いてしまう。

「……いけません。今はそのような感情に支配されている場合では……」

何か小声でつぶやいているようだが、どうかしたのだろうか？

一方、晴夏はジト目を向けてきた。

「なんで強キャラアピールしたんですか？　月城先輩にモテたいんですか？」

「いや、俺は晴夏に言われたことを肯定しただけなんだが？」

「むぅ……。こういう時、大人《おとな》の男性は謙遜するものだと思います」

「悪かったな」

どうやら晴夏には、俺の発言の意図が伝わらなかったようだ。

「それじゃあ、荷物を下ろしましょう」

そう言って車のトランクを開けると、晴夏《はるか》と月城《つきしろ》さんは歓声を上げた。

「すごい量ですね！　こんなに盗《と》ってくるなんて、先輩は容赦がない！」

「それは褒めているのか……？」

「幸坂《こうさか》さんに頼ることになってしまって申し訳ないですが、これで食料の心配をしなくて済みそうですね」

「気にしないでください。あと、お菓子も持ってきたので、適当に持っていってもらえると」

「さすが先輩、わかってますね～」

晴夏は嬉《うれ》しそうに飛びつこうとしたが、それを月城さんが制す。

「日向《ひゅうが》さん、お菓子を持って行くのは少し待ってください。まず、どのお店から何をいくつ持ってきたか、すべてメモしておきたいので」

「――えっ？　買い物カゴ5個分の商品を、全部ですか？」

「もちろんです。もし今後、そのお店の関係者と会うことがあったら、対価をお支払いしなければなりませんから」

「えー、そんなの大変ですよ。こんな世界になっちゃったんですし、勝手にもらっちゃっていいじゃないですか」

「そうしないと私の気が済まないんです。どうか、お願いします」

月城さんはそう言って頭を下げた。俺は反射的に口を開く。

「月城さんって、ものすごく真面目《まじめ》ですね」

「生真面目《きまじめ》だと嘲笑《ちようしよう》の対象にされることも多いですが、これが私の性分なんです」

「いやいや、今のは皮肉じゃなくて、感銘を受けたんですよ。持ってきたものをメモしておくなんて発想、俺からは絶対に出てきません。すごく優しくて素敵だと思います」

「そ、そうですか……」

月城さんは照れたように微笑《ほほえ》んだが、すぐに真面目な表情に戻り、またしても深々と頭を下げる。

「幸坂さん。この度の食料調達、本当にお疲れ様でした。寮を代表して、お礼を言わせてください。……それから、数々の非礼、改めてお詫《わ》び申し上げます」

「頭を上げてください。俺はぜんぜん気にしていませんし、これから力を合わせて生きていく仲間じゃないですか」

「そう言っていただけると、助かります……。持ってきていただいた物資はこちらで処理しておきますので、どうぞ幸坂さんはくつろいでいてください」

★　　★　　★

その後、月城《つきしろ》さんに促され、俺は風呂に入って体をキレイにした。1人で入るとはいえ、女子寮の大浴場を使うことには妙な緊張感があった。

20分ほどで出てきた頃には、晴夏《はるか》と月城さんが商品の一覧を作り終えていた。最も傷《いた》みやすい鮮魚から食べることになったようで、テーブルに刺身やパック寿司《ずし》を並べていく。

そして食事の準備ができたところで、月城さんが感慨深そうに口を開く。

「正直今朝《けさ》までは、そう遠くない将来、全員が餓死するものだと思っていました。けれど幸坂《こうさか》さんのおかげで、私たちが生き延びる未来が見えてきました。となれば、みんなで協力する必要が出てきます。

これまで、星宮《ほしみや》さんと一ノ瀬《いちのせ》さんとは必要最低限のやり取りしかしてきませんでしたが、方針転換しないと。共同生活する上でのルールも整備しなければなりませんね」

月城さんは静かに決意を固めた後、上の階にいる2人を呼びに行った。少なくとも月城さんには生きる希望を与えられたようで、本当に嬉《うれ》しい。

「――わあっ……!!」

月城さんに連れられてきた一ノ瀬さんは、目を丸くし、感嘆の声をもらした。

「すごい……お誕生日会みたい……!!」

「ええっ⁉　これ全部、幸坂くんが取ってきてくれたの⁉」

続いて食堂に入ってきた星宮さんも、大歓声を上げた。

「食料調達って、缶詰とかをいっぱい持ってくる感じだと思ってた……!!　スーパーにゾンビはいなかったの？」

「50人くらいいましたかね。全員捕縛して、バックヤードに閉じ込めましたが」

「マジ!?　噛《か》まれなかった!?」

「ゾンビの攻撃は全部いい感じに躱《かわ》しました」

「何それウケるんだけど！　何か格闘技やってたの？」

「いいえ、何もやっていません。帰宅部で体力もないので、本当に疲れました」

「そ、そうなんだ？　よくわからないけど、頑張ったんだね～」

感心しっぱなしの星宮さんだったが、不意に何か思いついたらしく、意味深な笑みを浮かべながら俺の右横に座った。

さらに椅子をこちらに寄せて距離を詰め、上目遣いに見つめてくる。思わずキャミソールからはみ出している胸の谷間に目が行きそうになる。

「じゃあ、お疲れ様な幸坂くんに、お寿司を食べさせてあげるね。何から食べたい？」

「えっ、いや――」

その瞬間、晴夏が俺の正面の席に勢いよく腰を下ろすことで、存在をアピールした。

そんなことをされなくても、断るに決まっているだろう……。

「俺は自分で食べられますから、大丈夫ですよ」

だが、星宮《ほしみや》さんは食い下がってくる。

「いいから、いいから。幸坂《こうさか》くんは命の恩人なんだし、ねぎらわせてよ」

「そ、そうですか……」

そう言われてしまうと、断りづらい。

それに、これから一緒に暮らしていく仲間なのだ。固辞するのはやめよう。

「わかりました。じゃあ……」

「お客様1名、ご来店です～。まず何にしますか？」

「それじゃあ、ノドグロを……」

「は～い、ノドグロのご注文いただきました～」

星宮さんは歌うように言いながら箸を持ち、ノドグロを俺の口元に運んできた。

「はい、あ～ん」

「……いただきます」

「ふふっ、美味《お い》しい？」

「はい……」

「よかったー。まぁ、アタシが作ったわけじゃないんだけどね」

「ハハハハ……」

俺は空笑いしながら、恐る恐る視線を正面に移動させた。

晴夏《はるか》は冷笑を浮かべており、目が合った直後、テーブルの下で俺の足をグリグリ踏みはじめた。

　こんな状況で、お寿司《すし》の味なんかわかるわけがない。

　すると、さすがに星宮さんも異変を察したらしく、しかめっ面をしている晴夏を見て小首をかしげる。

「どうしたの日向《ひゅうが》ちゃん、そんな怖い顔して。もしかして、日向ちゃんもノドグロ食べたかったの？」

「はい、そんなところです」

「そんな機嫌が悪そうにしなくても、まだたくさんあるよ？」

「いや～、わたし、好きなものは独占したい性格なんですよね～」

「ワガママはダメだよ。共同生活をするんだから、みんなでシェアしないと」

「……ソウデスネ、子ドモデスミマセン」

　晴夏は世にも恐ろしいイントネーションで謝りつつ、10本の足の爪すべてを俺の足の甲に突き立ててきた。

　別に痛くはないが、いったん逃げるとしよう。

「すみません、ちょっとトイレに」

　俺は立ち上がり、しばらくトイレの個室に閉じこもることにした。

とはいえウンコだとは思われたくない。すぐに気持ちを切り替え、トイレを出る。

すると、一ノ瀬《いちのせ》さんが廊下で待っていた。考えてみたら、この建物には女子トイレしかないのだ。

「あっ、すみません」

反射的に謝って立ち去ろうとしたが、一ノ瀬さんに服の裾を掴《つか》まれた。

「――えっ？」

「……雑誌を腕に巻きつけてはどうかと思うんです」

「……はいっ？」

「ゾンビと闘う時、腕を噛《か》まれる危険が一番高いと思うんです。だから雑誌を巻いて、テープで固定してはどうかと……」

一ノ瀬さんは自信なさそうにつぶやき、こちらの反応を窺《うかが》ってきた。

「……なるほど。ガントレットがあれば便利だと思っていましたが、たしかに雑誌でも代用できそうですね」

もちろん俺には必要ないが、晴夏《はるか》を外に連れ出す時の参考にしよう。

「貴重なアドバイス、ありがとうございます。さっき寮内を見て回った時に雑誌がいくつかあったので、さっそく試してみますね」

「えへへ……」

俺がお礼を言うと、一ノ瀬《いちのせ》さんは満足げな笑みを浮かべた。

そしてトイレに入ることなく、食堂に戻っていった。

もしかして、今の話をするために待ち伏せしていたのだろうか……？

★　　★　　★

食堂に戻った俺は、再び晴夏《はるか》に足を攻撃されながら星宮《ほしみや》さんにお寿司《すし》を食べさせてもらい、ほとんど味がわからないまま食事を終えた。

食器を片付けていると、月城《つきしろ》さんがお寿司が入っていたパックを洗って分別しているのが目に入った。しかし、もうプラスチックゴミをリサイクルしてくれる人はいない気がする……。

やがてテーブルの上が片付いたところで、再び5人が1つのテーブルに着席した。

そして月城さんが立ち上がり、全員の顔を見回した後、口を開く。

「今日からしばらくは、この5人だけで生きていくことになります。大変なことも多いと思いますが、助け合っていきましょう。よろしくお願いいたします。

簡単にではありますが、改めて自己紹介をしましょうか。私は3年の月城舞《まい》です。弓道部だったので、弓の扱いには自信があります」

「よっ！　リーダー！」

星宮さんが景気よく合いの手を入れた。食料が手に入るとわかって、テンションがハイになっているようだ。

「では時計回りに、立ち上がって自己紹介をしていきましょうか。次は星宮さん、お願いします」

「はーい。えっと、星宮リサです。趣味はゲームで……月城と違って役に立ちそうな特技はないけど、雑用は任せてください！」

「幸坂優真《こうさかゆうま》です。特技は……ゾンビを縛ることですかね。物資調達は任せてください。もし何かほしいものがあれば、気軽に言っていただければと」

「日向《ひゅうが》晴夏です。私も役に立ちそうな特技はないですが……先輩の面白い動画を持っているので、もし観《み》たい人がいたら――」

「絶対にやめろ」

「えー、気になる。どんな動画なの？」

「ふふっ。機会があったら、星宮先輩にもお見せしますね」

晴夏はそう言って、意味深な笑みを浮かべた。

その機会とは、一体どんな状況で発生するのだろうか……。

「それじゃあ、最後に一ノ瀬さん、自己紹介を」

月城《つきしろ》さんに促されると、一ノ瀬《いちのせ》さんが緊張の面持ちで立ち上がった。

「……あの、一ノ瀬あゆみです。特技は……特にないですが……本を読むのが好きです。もし、説明書とかが面倒だったら、代わりに読みます。一応理系で、専門書とか、よく読むので……。あと、簡単な機械の修理も、一応できます」

「おおっ！　すごく助かるヤツ！」

星宮《ほしみや》さんが歓声を上げたので、俺も同調する。

「今後は何かが壊れたら、自力で修理しないといけないですもんね。ぜひお願いしたいです」

「えへへ……」

一ノ瀬さんは照れくさそうに笑った後、静かに腰を下ろした。

続いて、月城さんが立ち上がる。

「では、ここからは自由時間にしましょう。今のところ寮内での仕事はありませんので、各自夜まで好きに過ごしてください」

「もしかして、シャワー浴びても良かったりする……？」

「もちろんです」

「やったー!!」

星宮さんが歓声を上げ、椅子から飛び上がった。

一方、一ノ瀬さんは口を押さえてあくびをする。

「私は部屋で寝たいです……ずっと不安で眠れなかったので……」

「夕食の時間になったら起こしに行きますね」

「よろしくお願いします……」

こうして、5人による昼食会は解散になった。

すると直後、星宮さんが近づいてきた。

「幸坂《こうさか》くん、これからって何か用事ある？　もし良かったら、一緒にゲームしない？　アタシがシャワー浴び終わった後でだけど」

「すみません。今からもう一度、スーパーに行く予定なんです。今度は晴夏《はるか》と一緒に」

「そっか……。わかった、気をつけて行ってきてね」

星宮さんは少し残念そうに言い、食堂を出て行った。もしかすると、何か話したいことでもあったのだろうか……？

「案の定、先輩がモテモテになってしまいましたね」

いつの間にか、晴夏がすぐ横に立っていた。探るような視線をこちらに向けている。

「別にモテてはいないだろ。感謝されているだけだ」

「先輩はアホなんですか？　本当に感謝しているだけなら、あんな露出度の高い服でお寿《す》司《し》を食べさせたりしませんから」

「いや、お寿司《すし》はともかく、露出度は関係ないだろ。ああいう服が好きってだけで」

「先輩は救いようのないアホですね。ここまでの愚か者は初めて見ました」

「ひどい暴言……」

「……まぁ、星宮《ほしみや》さんに誘われた時、わたしとの約束を優先してくれたのは嬉《うれ》しかったですが……」

晴夏《はるか》はそう言って、照れ笑いを浮かべた。

そんなやり取りをしていると、今度は月城《つきしろ》さんが近づいてきた。

「これから、幸坂《こうさか》さんと日向《ひゅうが》さんの部屋を決めようと思います。何階がいいとか、角部屋がいいなどあれば、おっしゃってください」

「俺は1階がいいですね。万一ゾンビが柵を越えてきた時、すぐに対応したいので」

「警備のことまで考えていただき、ありがとうございます。では玄関に一番近い部屋を片付けるので、使ってください。日向さんはどうしますか？」

「わたしは先輩に合わせますよ」

「……？　幸坂さんの隣の部屋がいいという意味ですか？」

「えっ？　わたしと先輩は相部屋じゃないんですか？」

晴夏は小首をかしげた。驚いた様子の月城さんがこちらを見たが、俺も初耳なのでリアクションに困る。

「この寮は男子禁制なのに、わたしが無理を言ったせいで先輩が住むことになったんですから。先輩が問題を起こさないよう、わたしが相部屋になって見張ります」

「いえ、その必要はありません。すでに幸坂さんは信用に足る人物だと判断していますから。どうぞ別々の部屋で寝てください」

「いやいや、先輩はこう見えて肉食系なので、油断は禁物です。昨日もわたしの――」

「警戒されるようなことを言うな！」

　晴夏がマズいことを口走りそうになったので、慌てて遮《さえぎ》った。何を言おうとしたのかは知らないが、河辺でおっぱいを揉《も》ませてもらったり、磨《す》りガラス越しに裸をガン見したりと、心当たりが多すぎる。

　口答えすると面倒なことになりそうだ。言う通りにしておこう。

「俺は晴夏と相部屋で問題ないです。もし何かあった時、アリバイがあれば犯人じゃないと証明できますし」

「ですが、婚姻関係にない男女が同室で寝るというのは、倫理的に問題があるのではないでしょうか？　それに、本当に幸坂さんが肉食系なら、日向さんが襲われる危険もあると思いますが？」

「……責任を取ってもらえるのであれば……」

　日向さんは恥ずかしそうにつぶやいた。

できれば、襲われる危険があることを否定してほしいのだが……。

「先輩とは小学校からの付き合いなので、うまく手綱《たづな》を締められると思います。わたしを同室にして見張らせてください」

すごく失礼なことを言われているが、反論すると話がややこしくなりそうなので、もう黙っておこう。

「……そうなんですか。小学校からの……」

月城《つきしろ》さんは誰にともなく、つぶやいた。心なしか、少し寂しげだった。

しかし、すぐに真面目《まじめ》な表情に戻る。

「わかりました。ではお2人は寮の入口に最も近い部屋を使ってください。

ちなみに、今の私はこの寮の管理責任者ですから、何かあった時にすぐ動けなければなりません。なので私の部屋を、お2人の部屋の隣に変更します。異変があればすぐに駆けつけますから、そのつもりでいてください」

★　★　★

こうして引っ越し作業が始まった。もっとも、家具は2段ベッドと勉強机とタンスが各部屋に備え付けてあるので、移動させる必要はない。

まずは前の住人の荷物をすべて、空き部屋に移動させていく。タンスの中など、俺が見ない方が良さそうな箇所はすべて晴夏《はるか》に任せることにした。俺は枕カバーやベッドシーツなど、寝具の取り替えを担当する。

結局、30分とかからずにすべての作業が完了した。

「わたしたちの新居が完成しましたね」

晴夏が室内を見回し、満足げに言った。そう言われると、新婚生活初日みたいで、ドキドキするな……。

「先輩、ベッドは上と下、どっちがいいですか?」

「晴夏が好きな方を選んでいいよ」

「じゃあわたしが上で。2段ベッドって初めてなんですよね～♪」

晴夏は胸を躍らせ、梯子《はしご》で上のベッドに登っていく。このままだとスカートの中が見えそうだが、レギンスをはいているので、目は逸《そ》らさない。

たとえパンツが見えなくても、スカートの中を見られるのは男の夢――っ!?

なぜか晴夏はレギンスをはいておらず、真っ白いふとももの先に、水色のパンツが見えてしまった。

慌てて顔を背ける。

「先輩～！　高いですよ～！」

晴夏《はるか》が上のベッドに寝転がり、手を振ってきた。

「よ、よかったな」

「？　先輩、どうかしたんですか？」

「いや、なんでもない」

「明らかに何かあった顔ですが？　わたしが梯子《はしご》を登っている間に何が——」

そこで、俺の様子がおかしい原因に思い至ったようだ。スカートを押さえつつ、恥ずかしそうに確認してくる。

「先輩……見たんですか……？」

「……ごめん」

「もう……油断も隙もないですね……」

「違うんだ。レギンスをはいてると思っていたから、目を逸《そ》らさなかっただけで……」

「暑かったから脱いだんです。今日はもう、柵を越えたりしないだろうと思って」

「レギンスをはいてない状態で梯子を登るなんて、不用心すぎるだろ」

「わたしは先輩のことを信頼していたんですが？」

「……そう言われると、申し訳ない気持ちでいっぱいになります」

「ていうか、スカートの中にはいているレギンスを見ようとするのって、下着を見ようとするより変態っぽくないですか？」

「返す言葉もありません……」

「まったくもう……先輩はわたしに興味津々なんですね……」

「なんでちょっと嬉《うれ》しそうなんだ？」

「人聞きの悪いことを言わないでください。わたしは今、非常に怒っています。これは罪滅ぼししてもらう必要がありますね──」

と、そこで誰かがこの部屋のドアをノックした。

「お2人とも、お引っ越しは終わりましたか？」

月城《つきしろ》さんが様子を見に来たので、俺は首肯《しゆこう》した。

「よかったです。……ところで、お2人の言い争う声が廊下まで聞こえてきたのですが、やはり別々の部屋にした方がいいのではないですか？」

……どうやらこの寮の壁はそこまで厚くないようだ。愚行がバレて恥ずかしい。

「結構です。今のはわたしたちなりのコミュニケーションですから。ねっ、先輩？」

「そ、そうだな」

スカートの中を覗《のぞ》くのがコミュニケーションというのは色々ヤバい気がするが、大人《おとな》しく肯定しておこう。

「そうですか……。であれば、私はこれ以上、口出ししません」

しかし、月城さんの視線からは批判的な感情が見て取れた。

どうやら、言いたいことをすべて飲み込んだようである……。

「ところで幸坂《こうさか》さん。もし可能なら、門の見張りをお願いしたいのですが」

「見張り、ですか」

「生存者が訪ねてこないか、ゾンビが柵を乗り越えて侵入してこないかを見ていてほしいのです。私は昨日から休めていないので、少し休憩をさせていただきたく」

「えっ……!? まさか、昨日ゾンビが現れてから、ずっと門の見張りをしていたんですか……!?」

「はい」

「一睡もせず……!?」

「もちろんです」

……そういえばさっき食事をしていた時も、月城《つきしろ》さんは頻繁に窓の外の様子を確認していたな……。

「星宮《ほしみや》さんか一ノ瀬《いちのせ》さんに交代してもらえなかったんですか……?」

「あの2人には、見張りのことは伝えていません。寮内にある武器は弓矢と包丁くらいなので、遠距離から安全に対処できるのは私だけだと思いまして」

「……事情はわかりました。見張りは今から俺がやるので、月城さんはゆっくり休んでください。あと、明日外出した時に、女性でも扱いやすい武器がないか探してきます」

★　　★　　★

こうして、晴夏《はるか》との外出は明日に延期になった。

見張りは俺1人で十分なのだが、晴夏も一緒にやりたいらしく、2人で寮の入口に立つことになった。

建物全体を囲む黒い鉄柵越しに、周囲を見張る。

「ところで先輩。今さらなんですが、この寮の人たちには、先輩がゾンビになれることは内緒にしておくんですか？」

晴夏は月城さんに借りた弓矢をもてあそびながら、質問してきた。

「ああ。混乱を招くだけだし、黙っておいてくれ」

「混乱？　先輩がさらに大人気になってしまうということですか？」

「そんなわけないだろ。逆だ。普通の人はゾンビなんかと一緒に暮らしたくないから、ここを追い出される可能性がある」

「先輩は安心安全なのに？」

「安全かどうかは証明されてないだろ。ゾンビになってから、まだ24時間くらいしか経《た》っていないんだから。

それに、仮に安全だったとしても、俺の言い分を鵜呑《うの》みにする人は少数派だと思う。急に自我を失って、襲いかかってくるかもしれないと考える人の方が多いはずだ」

「そうですかね？　月城《つきしろ》先輩たちはみんな先輩に好意的でしたし、とりあえず事情を話してみて、拒否されたら解決策を考えるというのは？」

「今一緒に住んでいる人たちは受け入れてくれるかもしれないけど、今後ここで共同生活する人はわからないだろ」

「あー……。たしかに男性Bがここに加わった場合、チヤホヤされている先輩に嫉妬して、難癖をつけてくるかもしれませんね。

とはいえその男性Bも、先輩がいなくなったら食料が手に入らなくなって、困りますよね？」

「人間は理屈じゃなく、感情で動くこともあるからな。俺がいなくなったら食料調達の手段がなくなるとしても、ゾンビと暮らすのは嫌だと拒否する人は出てくるはずだ」

「でも、先輩には一緒に行動してほしいって主張する人の方が多いと思います」

「たとえ多数決で俺が拠点に残れたとしても、俺との共同生活を拒否する人がここを出ていったら、その人を守ることができなくなるだろ」

「なるほど。自分のためというより、コミュニティを守るためなんですね。

わたし的には、このコミュニティに拒否されたとしても、2人で別の拠点を探せばいいだけなんですが」

「たしかに、協力的な人だけを集めて生活した方がスムーズにはいくと思う。でも今後のことを考えたら、できるだけ多くの人と一緒に生活したいんだ。医学に詳しい人、機械に詳しい人、農業に詳しい人。人材はいくらでも必要だ」

「なるほど……。先輩って、色々なことを考えているんですね……。

わかりました、先輩がゾンビになれることは2人だけの秘密にしましょう。――ふふっ」

「何がおかしいんだ？」

「2人だけの秘密があるって、なんか楽しいなって思いまして♪」

晴夏《はるか》はイタズラっ子のような笑みを浮かべた。2人だけの秘密……たしかに悪くない。

その後、俺たちは取り留めのない会話をしながら、周囲を見張り続けた。

時々遠くの方にゾンビを見かけるものの、何もしなければ、こちらに近づいてこない。

とはいえ今後のことを考え、見つける度に捕縛して地面に転がしておく。

そうこうしている間に、30分ほどが経《た》った。

「……ヒマですね」

晴夏があくびを噛《か》み殺しながらつぶやいた。

「何か事件が起きないですかね～」

「その発言はさすがに不謹慎だろ」

「だって、退屈なんですもん」

「部屋に戻っててもいいぞ？」

「ネットが繋《つな》がらないから、部屋でやることないですし」

「それもそうか……」

「ゾンビが出現して2日目に考えることじゃないと思いますけど、何かヒマ潰しの道具がほしいですね」

「どうせ全部タダだし、明日出かけた時に好きな物を持ってくればいいんじゃないか？」

「そうしましょう。何がいいかな～……。どうせなら、今後に役に立つ方がいいですよね？　ボクササイズの道具を持ってきて訓練するとか」

「ゾンビ相手に接近戦は危ないけどな」

「じゃあ弓矢ですかね？　人数分持ってきて、弓道部の月城《つきしろ》先輩に習うとか」

晴夏《はるか》は弓に矢を番《つが》え、弦を軽く引っ張りながら続ける。

「でもゾンビって、映画だと脳幹を正確に貫かないと倒せないですよね？」

「そうだな。この世界のゾンビはどうなのかわからないけど、そもそも弓矢って一朝一夕《いっちょういっせき》では扱えないと思う」

「それなら……バットを持ってきて素振りをします？」

「いいと思うが、それってヒマ潰しになりそうか？」

「微妙ですね。訓練も大切ですけど、ゲームや読書の時間もほしいです」

「何を持ってくればいいか、明日までに考えておこうか」

「了解です。何かいいですかね～。どうせならみんなで遊べるゲームを持ってきて、親睦を深めたいですよね」

「そうだな」

「どんなゲームがいいかな～？　夕食の時にアンケートを採ってみましょうかね～。ところで先輩、アフタヌーンティーをしたくないですか？」

「急に話が飛んだな」

「もうすぐ16時だなーと思いまして」

「俺は大丈夫だから、食堂で何か食べてきていいぞ」

「いえいえ、ここでアフタヌーンティーをやるんですよ」

「ここって、野外でってことか？」

「はい。この寮、テーブルと椅子がたくさんあるじゃないですか？　１セットくらい外で使ってもいいと思うんですよね。

　屋外でアフタヌーンティーをするの、夢だったんです。親からは、椅子が汚れるって禁止されてて」

「別にいいと思うぞ。外で見張ってる時、椅子があった方が便利だしな」

「やったー！　さっそく持ってきてください！」

「俺が運ぶのかよ」

「いいじゃないですか。わたしがお茶とお菓子を用意してくるので」

「それだと見張りがいなくなるだろうが」

「あ、本当ですね。でも、この辺のゾンビは全員先輩が縛っちゃいましたし、ちょっとくらいならいいんじゃないですか？」

「良くないだろ。テーブルを運んだ後、お茶も俺が用意してくるよ」

「でもそれだと、万一なにかあった時にすぐ対処できないですよね……。わかりました、わたしが全部セッティングします」

晴夏《はるか》はそう宣言し、家具の大移動を始めた。

「よいしょ、よいしょ」

寮の中に入っていった晴夏は、円形の木のテーブルを軽々と運び出してきた。意外と力持ちなんだな。

さらに椅子2脚も持ってきて、玄関横にセッティング。優雅にアフタヌーンティーが始まった。

ゾンビだらけの世界をエンジョイする発想力と実行力には、舌を巻く他にない。

「ちなみに、他の人たちは誘わなくていいのか？」

「月城《つきしろ》先輩と一ノ瀬《いちのせ》先輩はまだ寝てるんじゃないですか？　星宮《ほしみや》先輩も入浴中みたいですし、誘っても迷惑かと」

「それもそうか」

「この寮で暮らすルールを決めておかないといけないですよね。たとえば自室にいる時、どのタイミングだったら声をかけてもいいかとか」

「たしかにな。寝ている時は部屋のドアに『起こさないでください』みたいな札をかけてもらうか。……とはいえ、いちいち5階まで呼びに行くのは地味に面倒だよな」

「星宮先輩と一ノ瀬先輩にも1階に引っ越してもらうよう、お願いしてみますか」

「だな。あとは寮のルールでいうと、1つしかない風呂をどうやって男女で使うのが効率的か考えないと」

「時間で区切ると面倒ですし、各自好きなタイミングに入れた方がいいですよね。そのかわり表に『男』、裏に『女』って書いた札を用意して、使用中はドアにかけるとか」

「とはいえある程度どっちが使う時間帯かを指定しておかないと、予定が立てられない気も――」


「きゃあああ!!」

突然、大浴場の方で悲鳴が上がった。星宮《ほしみや》さんの声だ。

「きゃあ！　やだやだ！」

星宮さんは慌てた様子で悲鳴を上げ続ける。浴室内でパニックになっているようだ。

まさか、ゾンビか――

「先輩！」

「晴夏《はるか》はここで待っていろ！」

俺は外靴のまま建物に入っていったが、脱衣所の前で急ブレーキをかけた。

もしかしたら、遭遇したのはゾンビではなく、大きな虫とかかもしれない。窓ガラスが割れるような音は聞いていないし……。

とはいえ、もしもゾンビに襲われているのだとしたら、命に関わる。

俺は覚悟を決め、脱衣所のドアを開けて浴室に駆け込んだ。

するとそこには、首から下が真っ赤《まか》に染まり、それを拭い落とそうとしている星宮さんがいてギョッとした。まるでゾンビの血液を浴びたかのようだった。

数瞬遅れて、ゾンビ特有の腐敗臭が鼻をつく。

だが、周囲にゾンビの姿はない。

「大丈夫ですか!?　ゾンビはどこに!?」

「――きゃあ!!」

声をかけると、星宮さんは咄嗟《とっさ》に両手で胸を隠し、その場にしゃがみ込んだ。

その反応は女子として間違ってはいないのだが、今はそれどころではない。

「ゾンビがどこにいるのか教えてください!!」

「……違うの、急にシャワーのお湯が変になって……」

星宮さんはそう言って、床に転がるシャワーを指差した。

たしかに、床がそこだけ真っ赤に染まっている。

試しにシャワーヘッドを壁に向け、お湯を出してみた。すると出てきたのは、酷《ひど》い腐敗臭のする、汚染されたお湯だった。

「ゾンビウイルスが含まれているかもしれません！　早く洗い流さないと――」

しかし、他の蛇口も捻《ひね》ってみたが、どのシャワーヘッドからも腐敗臭のするお湯しか出てこない。

「そうだ！　湯船に！」

俺がそう言ったのとほぼ同時に、星宮さんが浴槽に飛び込んだ。

体にまとわりついていたゾンビの血液が、お湯の中に溶けて消えていく。しかし、まだ安心はできない。

「ウイルスは生きているかもしれないので、早く湯船から出た方が――」

だがそこで、星宮さんが気まずそうにしていることに気がついた。

「あのさ……。出るから、あっち向いててくれないかな……」

「す、すみません！」

透明なお湯に沈んだ裸体から視線を外し、慌てて背を向けた。

直後、星宮《ほしみや》さんが湯船から出たのが音でわかった。

色々な意味で大変なことになった……。俺は脱衣所に移動しながら、これからの行動をシミュレーションし始めるのだった。

★　★　★

星宮さんに服を着てもらっている間に他の3人を食堂に集め、水道水が汚染されているかもしれないので、絶対に使用しないように伝えた。

「寮内の他の蛇口も捻《ひね》ってみましたが、すべてから汚染された水道水が出てきました。もしかすると、水道管のどこかにゾンビが入り込んだのかもしれません」

要するに今後、食料だけでなく、飲み水も確保する必要が出てきたわけだ。

「すみませんが、月城《つきしろ》さんは門の見張りをお願いします。晴夏《はるか》と一ノ瀬《いちのせ》さんは、間違って水道を使わないよう、寮内にあるすべての蛇口をヒモで固定してください。

それから……俺と星宮さんは今から5階に移動するので、こちらから連絡するまで、絶対に近づかないでください」

「5階……？　先輩たちは何をするんですか？」

「……星宮《ほしみや》さんは汚染されたお湯を全身に浴びてしまった。ウイルスに感染していないか、経過観察をしないといけないんだ」

「あっ……」

晴夏《はるか》は事の重大さに気がついたようだ。

もしかすると俺たちは、今から仲間を1人、喪《うしな》うかもしれないのだ。

やがてTシャツ姿になった星宮さんがやって来たので、ジュースと食料を持って、彼女の部屋に移動した。

「……アタシ、ゾンビになるのかな……」

2人きりになったところで、星宮さんがどこか投げやりにつぶやいた。

「わかりません……。汚染された水が口に入りましたか？」

「それは大丈夫だと思う。体を洗ってる時だったし、臭いですぐに気がついたから」

「それなら、ウイルスが体内に入っていないと思うので、大丈夫じゃないですかね……」

とはいえ、ゾンビ化の原因がウイルスだとは、まだ断定できていない。

それに、ウイルスは目からも侵入すると聞いたことがある。油断は禁物だ。

「何分くらいゾンビにならなかったら、セーフって判断できるの？」

「最低1時間ですかね。できれば半日くらいは様子を見たいところですが」

「明日の朝までか……。じゃあ幸坂《こうさか》くん、今夜は同じ部屋にいてくれる？」

「星宮さんが嫌でなければ」

「嫌ではないよ。それに、ゾンビになるかもしれない人間がいるなら、見張っておかないと不安でしょ？」

「そうですね……。寮の部屋は外から鍵をかけられませんし、二次被害の発生を防ぐには、俺が見張っておくか、星宮さんの手足を縛るしかないかと」

「半日も縛られてるのは大変そうだなぁ……」

「俺が見張っているので、自由にしていて大丈夫ですよ」

「ありがと」

星宮さんは小さくお礼を言い、ため息をついた。

「なんかさ、ゾンビになるかもって言われても、ぜんぜん実感ないんだよね。そりゃあ、世界がヤバいことになってるのはわかるんだけど、未《いま》だに信じられないって言うか」

「気持ちはわかります。俺も昨日からの出来事は全部、夢なんじゃないかって思ってますし」

「夢だったらいいんだけどなぁ。幸坂くんに裸見られちゃったし」

「それは……」

「アタシの体、変じゃなかった？」

「知りませんよ。そんなにちゃんと見てませんから」

「嘘《うそ》。湯船に入った後もガン見してきたじゃん」

「アレはゾンビの血液がどうなるかを見ていただけで……たしかに星宮《ほしみや》さんの姿が視界に入ってはいましたが……」

「おっぱいはバッチリ見たでしょ」

「……見たような気がします」

「どうだった？　形には自信があるんだけど」

「あの時はゾンビ対策スイッチみたいなのが入ってて、そういう目では見ていませんでしたから。ゾンビの血液に意識がいって、ほとんど記憶にありませんし」

「ふーん、そんなもんなんだ……。じゃあお腹《なか》は？　アタシ最近太ったから、見苦しかったと思うんだけど」

「えっ？　普通に細かったと思いますが？」

「ちゃんと覚えてるんじゃん」

「あ……」

口をすべらせた俺を見て、星宮さんは照れ笑いを浮かべた。顔が真《ま》っ赤《か》になっている。

「じゃあ……すごく大事な質問をしようかな。……おへその下は見た？」

「……えっと」

「ごめん、やっぱ聞きたくない」

星宮さんは遮《さえぎ》るのと同時に、両手で自分の耳を塞いだ。

「聞いたところで、今さらどうすることもできないもんね。——はい、この話はもう終わりにしよう」

星宮さんはパンッと手を鳴らした後、早口で続ける。

「ていうか、ゾンビになるかもって時に、何を話してるんだって感じだよね。裸を見られたのは大事件だけど、もしかしたら数分後には会話すらできなくなっちゃうわけだし、悔いがないようにしとかないと……。とはいえ、こういう時ってどうやって過ごすのが正解なんだろ……」

「どうなんでしょうね……。最後にご家族と話すことができればいいんですが、電話は繋《つな》がらないでしょうし……」

「もしアタシがゾンビになった後でアタシの家族と会ったら、『今までありがとう』って伝えて」

「わかりました」

「——ははっ。なんか今の、映画でもうすぐ死ぬ人が言いそうなセリフだよね」

星宮さんは自嘲《じちょう》したが、俺は笑えなかった。

「こういうの、ずっとチープだって思ってたけど、自分がその立場になって初めてわかった。死んだ後はいい人だと思われたいって気持ちが働いて、いい感じの伝言を残したくなるんだね」

「わかる気がします」

「はぁ……。今日で人生が終わりかもって思ったら、なんかこれまでのことを後悔してきた。ゲームばっかりやってないで、もっと色々やっておけばよかったよ」

「色々っていうのは、たとえばどんなことですか？　この部屋でできることであれば、協力しますけど」

「そうだなー……。たとえば、彼氏を作って楽しいことをするとか。……なんて、煩悩《ぼんのう》の塊だよね、アタシ」

「いえ、気持ちはわかります。俺もゾンビに噛《か》まれたら、同じようなことを考えると思いますし」

まるで昨日の自分を見ているようで、女性もそういうことを考えるんだなと、少なからず驚いた。

「そっか、わかってくれるか……」

星宮《ほしみや》さんは噛み締めるように言った後、なぜか両手で顔を覆い、目から下をすべて隠した。

「……じゃあさ、今からセックスしてみない？」

「——ええっ⁉」

「この部屋でできることなら、協力してくれるんでしょ？」

星宮さんは恥ずかしそうにしながらも、グイグイ迫ってくる。

思わず、豊満な胸に視線を向けてしまった。

「た、たしかにそう言いましたが……」

「もしかして、幸坂《こうさか》くんって彼女いる？」

「いや、いませんけど……」

「じゃあいいじゃん。……それとも、アタシが相手じゃ、嫌？」

「そういうわけではないのですが……」

「煮え切らない言い方……。アタシの裸を見て、興奮しなかったの……？」

「それは……。あの時は必死だったので何とも思いませんでしたが、今になってみると……」

「うん、正直でよろしい」

星宮さんの目元が笑った。耳や手まで真《ま》っ赤《か》になっている。

「……ただ、俺たちがそういう行為をするには、1つ問題がありまして」

「うん？　何かな？」

「ゾンビウイルスに感染する条件がはっきりしていないことです。噛《か》まれる以外にも、粘膜接触で感染する可能性があります」

「ねんまくせっしょく？」

「キスとか……性行為とかのことです」

「あ、そっか。もしアタシの体内にゾンビウイルスがいたら、幸坂《こうさか》くんに感染させちゃうわけか」

「そういうことです」

もちろん今のは方便だ。俺の体内にはすでにゾンビウイルスがいるので、星宮《ほしみや》さんが感染している場合、粘膜接触したとしても問題はない。

だが、もしも星宮さんの体内にゾンビウイルスがいなかった場合、俺と粘膜接触することで、感染させてしまうかもしれないのだ。

「というわけで非常に残念ですが、今回のお誘いは断らざるを得ないわけで……」

「なるほど……わかった。今した提案は忘れて」

星宮さんはそう言って、ぷいっと後ろを向いてしまった。

それからしばらく、重苦しい沈黙が流れる。

だが、先ほどのやり取りから3分ほどが経過したところで、急に星宮さんがこっちを向いた。

「なんか今になって、ものすごく恥ずかしい提案をしたって後悔してきた」

「わ、忘れましょう。死が差し迫った状況でのミスは、誰にでもあることです」

俺も身に覚えがある。

「一応言っておくけど、アタシ別に痴女じゃないからね？　極限状態だっていうのと……幸坂くんならいいかなって思っただけで」

「……光栄です」

「ただし、もしアタシがゾンビにならないってわかった後で求められても、させてあげないからね。チャンスは一度きりだから」

「求めませんよ」

「本当かなぁ？　アタシと初めて会った時、胸をガン見してたのわかってるんだから」

「アレは……本能というか……」

「もしかして、キャミソールで誘惑してたらＯＫしてた？」

「……もちろん断っていましたよ」

「今、ちょっと変な間があったね」

「気のせいです」

しらばっくれると、星宮《ほしみや》さんは力なく微笑した。

「……ねぇ。このまま、たわいもない話をしててもいいかな？　……黙ってると、なんか怖くて」

「もちろんです」

「じゃあまず、呼び方から考えようか。アタシは『優真《ゆうま》くん』って呼んでいい？」

「はい」

「アタシのことは『リサ』でいいよ」

「さすがに年上を呼び捨ては抵抗があるので……『リサさん』でどうでしょう？」

「ＯＫ。それじゃあ……何から話そっかな……。

……優真くんはゾンビと闘う時、怖いって思わないの？」

「それは……もちろん怖いですよ」

ゾンビになっても自我を失わないと判明する前の感情を思い出しながら、続ける。

「もしも噛《か》まれたら、死が確定するんだ、目の前の化物と同じになるんだって――すみません、リサさんは今まさにそうなるかもしれないっていうのに」

「ううん、大丈夫。……そうだよね。ゾンビになるかもしれないって、すっごく怖い……。それなのにアタシ、優真くんが食料を取りにいってる間、部屋でボーッとしてて……。もしゾンビにならなかったら、もっと役に立つようにしないと……!!」

リサさんはそう言って、両手を強く握りしめた。

俺はその後も、嘘《うそ》をついていることに罪悪感を覚えながら、リサさんとの会話を続けていくのだった……。

3日目

それから一睡もせず、リサさんの経過観察をしたが、翌朝になってもゾンビ化の兆候すら現れることはなかった。

現在時刻は午前6時。リサさんが汚染水を浴びてから12時間以上が経過したので、大丈夫だと判断していいだろう。

水道水にウイルスが含まれていないのか、たまたまウイルスが体内に入らなかったのか、あるいはゾンビに直接噛《か》まれなければ問題ないのか……。助かった理由はわからないが、何にせよ水道水はもう使えない。

俺たちは食堂に移動し、他の3人にリサさんが無事だったことを伝えると、みんな胸をなで下ろした。

「幸坂《こうさか》さん、ありがとうございました。……ただ、お疲れのところ申し訳ないのですが、どこかで水を入手してきていただけると……」

月城《つきしろ》さんはそう言って、深々と頭を下げた。

「もちろん、わかっています」

　本当は今すぐ眠りたいが、この寮には今、飲み物はジュースしかないはずだ。早く水を手に入れないと、体に支障が出る。

「いつか水道水が使えなくなる可能性は考えていましたが、こんなに早く……」

　月城さんがため息まじりに続ける。

「今後は食料だけでなく、飲み水の確保も幸坂さんにお願いすることになってしまいますが、大丈夫でしょうか？」

「任せてください」

「ありがとうございます。……とはいえ、お店に置かれている水には限りがありますから、節約しないといけませんね。トイレを流す時は汚染された水を利用するとして、もう湯船にお湯を張るのは不可能ですし、毎日は体を洗えないでしょう。洗濯の方法も考えなければなりません……」

　あらためて現状を口に出したことで、食堂内の空気が重くなったのを感じる。

　しかも、生活物資を調達しに行ける距離には限りがあるのだ。周囲の店から水を取り尽くしたら、拠点を移動する必要が出てくるかもしれない。遠出した時に、安全性の高そうな建物に目星をつけておくか……。

「ひとまず俺は、物資調達に行ってきますね」

「はいはい！　先輩が居眠り運転したら危ないので、わたしが運転します！」

晴夏《はるか》は元気よく言い、車の鍵を持って外に出ていった。スーパーに連れていくという約束だったので、大人《おとな》しくついていく。

するると寮を出る間際、追いかけてきたリサさんに謝られた。

「ごめんね優真《ゆうま》くん。アタシのせいで寝てないのに、水のことまで……」

「大丈夫です。俺のことは気にせず、リサさんはゆっくり休んでください。どこかのタイミングで、門の見張りをお願いするかもしれませんし」

「うん、わかった。じゃあね」

小さく手を振るリサさんと別れて助手席に乗り込むと、なぜか晴夏はアクセルを強めに踏み込んだ。

「……先輩。昨夜《ゆうべ》、星宮《ほしみや》先輩と何かありましたか？」

助手席でうつらうつらしていると急にそんな質問をされ、眠気が消し飛んだ。

「何も起きてないよ」

「本当ですか？　お互いの呼び方が、親しげになっていましたが……」

「いや、それは……。向こうから提案されただけで……」

「ふーん……。でも、先輩みたいなエッチな人は、星宮さんと一晩一緒にいて、変なことを考えちゃったんじゃないですか？」

「考えるわけないだろ。ゾンビになるかどうかの瀬戸際だったんだし」

「なるほど。どうせもうすぐ死んじゃうからって、男女の関係になったりしなかったんですね？」

「と、当然だろ」

「今、返答にかすかな揺らぎがありましたね」

「気のせいだ」

セックスしようと誘われたことを思い出しただけなのだが、晴夏は納得しない。

「なんか、怪しいですね……」

「濡《ぬ》れ衣《ぎぬ》だ。ていうか、もし仮に男女の仲になっていたら、俺のゾンビウイルスが感染しているだろうが」

「あ、たしかに。つまり先輩は、ゾンビとしか恋仲になれないわけですね」

「そういうことになるな」

「なるほど……。疑ってしまい、すみませんでした。

ちなみに、ゾンビとしか恋仲になれないってことは、先輩は女性のゾンビ全員がお嫁さん候補に見えているんですか？」

「そんなわけないだろ」

ゾンビの裸を見ていないので断言はできないが、興奮はしないと思う……。

「それより、無駄話をしていて運転をミスるなよ」

「心配は無用です。ちなみに今から行くスーパーって、小学校時代に先輩と2人で行ったことがあるんですけど、覚えてます？」

「……もちろん」

「忘れていますね」

「そ、そんなことないよ。アレだろ、拓也《たくや》の誕生日会の時、お菓子を買いに行ったんだよな？」

必死に思い出したことを、さもずっと覚えていたかのように言ってみた。

すると晴夏《はるか》は声を弾ませる。

「覚えていてくれたんですね！」

「当たり前じゃないか。あの日のことは鮮明に覚えているし、つい昨日のことのように思い出せるよ」

「では第1問。その時に買ったお菓子とジュースの種類を答えてください」

「ごめん、そこまでは覚えてない」

すぐさま白旗を揚げると、晴夏は不満そうに頬《ほお》をふくらませた。

「先輩はいろいろなことを忘れすぎです」

「晴夏の記憶力が良すぎるんだよ」

「そんな自覚はないんですけどね。暗記も得意じゃないですし。ただ、先輩関連のことはよく覚えているんです」

「俺ってそんなにインパクトがある小学生だったか？」

「……そういうことじゃないんですけど……」

晴夏はなぜか恥ずかしそうにつぶやいた。

「じゃあ、なんで俺に関することだけ記憶力が良くなるんだ？」

「今から運転に集中するので、話しかけないでください」

「なぜ急に!?」

しかし、晴夏は視線を前方に固定したまま動かさないので、それ以上の質問はしないことにした。

★　★　★

しばらく無言で車を走らせると、昨日ゾンビを縛り上げて安全を確保したスーパーに到着した。

だが、駐車場には自由に動き回れるゾンビがチラホラおり、エンジン音に反応してこちらに近づいてきた。どれも見覚えがない個体なので、縄を解《ほど》いたわけではなく、他の場所から移動してきたのだろう。

「拘束してくるから、晴夏《はるか》は車内で待っていて。エンジンは切らないで、何かあったら発進して逃げてくれ」

　麻縄を構えて車を降り、迫り来るゾンビたちを次々に拘束してその場に寝かせていく。

　一通り片付いたところでスーパーに入り、ゾンビがいないか確認したが、店内までは入ってきていないようだ。

　車に晴夏を迎えに行き、２人で入店した。

「ちなみに、店内にいたゾンビさんたちはどうしたんですか？」

「全員縛り上げて、バックヤードに押し込んであるぞ」

「見に行ってもいいですか？」

「悍《おぞ》ましい光景だから、オススメはしないが……」

「じゃあ、一瞬見るだけ」

　晴夏におねだりされ、バックヤードに案内した。そこはちょっとしたコンビニくらいの広さがあるのだが、自由を奪われたゾンビたちが所狭しと並べてある。

「おおー!!　さすが先輩ですね……!!」

「もういいだろ……。あんまり気分のいい光景じゃないというか……」

「そうですね。じゃあ、２人でお買い物デートをしましょうか」

「……今、なんと？」

「デートです。せっかく2人きりなんですから、カップルっぽいことをしましょうよ」

晴夏は猫なで声でおねだりしてきた。可愛《かわい》い……。

しかし、その背後には大量のゾンビが寝転がっており、現実に引き戻される。

「この状況で買い物を楽しめるか……？」

「視界に入れなければいいんです。スーパーに2人きりなんて、楽しいじゃないですか」

「そ、そうかな……？」

よくわからない感覚だが、とりあえず店内を見て回ることになった。

すると晴夏はホームセンター側にあるペットコーナーで足を止《と》めた。その視線の先には、大型犬用のケージがある。

ひょっとして、何かに使えるかもしれないと考えているのだろうか。改良して、ゾンビを捕獲する罠を作るとか――

「先輩、ちょっとあの中に入ってみてください」

「なんで!?」

「先輩が入っているところを見たいからです。それ以外に理由があると思いますか？」

「質問した俺がバカだった」

「あれれ？　わたしのワンちゃんが、人の言葉を喋《しゃべ》っているぞ～？」

「…………」

「先輩はわたしの何でしたっけ？」

「……わん」

「よくできました。それじゃあ、ハウス」

晴夏《はるか》は嬉《うれ》しそうに言って、陳列されているケージを指差した。

晴夏が一度言い出したら聞かないことは、もはやわかりきっている。

俺はケージを棚から床の上に移動させ、しぶしぶ中に入っていく。

　１番大きいサイズでも、けっこう狭いな……。

「先輩はお利口さんですね～。じゃあ、鍵をかけます」

「おいやめろ！」

だが、狭いケージの中で素早い動きができるわけもない。無情にもケージの扉は固定されてしまった。

「続いて写真撮影をするので、こっちに目線ください」

「もうどうにでもしろよ……」

「本当ですか⁉　じゃあ首輪もつけましょう！」

「ごめん嘘《うそ》！　どうにでもしないで！」

「もう遅いです。首輪をつけて撮影するまで、鍵が開かない仕組みになっています」

終わった……。

「俺に人としての尊厳は認められないのか？」

「人……？　先輩は一昨日《おととい》、わたしのワンちゃんに転職したような？」

「……くーん」

こうして俺は、ケージに入った状態で自ら首輪をつけ、情けない姿を写真に収められたのだった。

「先輩、その首輪、すっごく似合ってますよ。このまま寮に帰りましょうか？」

「それはさすがに勘弁してくれ……」

★　★　★

晴夏が満足したところで首輪を外し、飲料水コーナーへ移動。ペットボトル入りの水やお茶を片っ端からカゴに入れて、車に運び込むことになった。

「この作業、けっこう大変ですね……ダイエットになりそう……」

晴夏は早くもげんなりしている。カゴ１つに２リットルのペットボトルを６本入れると、それだけで12キロになるからな。

「昨日は火事場泥棒だって喜んでいただろ」

「高級食材を選び放題だと思ってたんですよ。まさかひたずら水を運ぶことになるとは……」

「たしか人間って、1日に2リットル以上は水を飲むらしいよな」

「5人分だと毎日10リットル以上……飲料用以外にも水は必要ですよね」

「近いうちに、他のスーパーにも水を取りに行かなきゃならなくなるだろうな」

「先輩が手足を縛ったゾンビさんたちの持ち物を調べて、車の鍵を手に入れておいた方がいいかもしれませんね。車はガソリンがなくなったら乗り捨てになると思うので」

「セルフのガソリンスタンドに行けば、給油できるんじゃないのか?」

「たとえセルフでも、スタッフが許可を出さないと給油開始できない仕組みだったはずです。頑張れば操作方法はわかるかもしれませんが、せっかく好きな車に乗り放題の世界になったんですから、いろんな車を運転しましょうよ」

「相変わらずポジティブというか、意地でもこの世界を楽しもうとするよな……」

「ネットも水道も使えなくなって大変なんですし、このくらいは旨《うま》みがないと」

晴夏《はるか》は楽しげに笑った。この狡猾《こうかつ》さを、少しは見習うべきかもしれない。

「わかった、今度ゾンビの持ち物を調べてみよう。……ただ、水を求めて日本中を旅するのは大変だし、どうにか浄水器を手に入れて、河の近くに拠点を作りたいところだな」

「浄水器に関する知識がある人と出会えればいいんですけどね」

「そんな都合よくいかないだろうから、図書館でサバイバルの本を手に入れて勉強するべきかもな」

「うへぇ……。そういえば、一ノ瀬《いちのせ》先輩は趣味が読書って言っていましたよね」

「……お願いしてみるか」

そんな会話をしつつ飲料水を運搬し続け、車に限界まで詰め込み終わった。

晴夏が運転席に乗り込み、寮に向かって走り出す。

「先輩、眠ければ寝てていいですよ？　何かあったら起こしますから」

「そうか、悪いな……」

俺は椅子を少し倒した後、重たい瞼《まぶた》を閉じた。

心地《ここち》よい揺れを感じながら、眠りに落ちていく……。

★　　　★　　　★

目を覚ますと、まだ車の中にいた。

しかしエンジンは停止しており、すでに寮に着いているようだ。

「あっ、先輩。おはようございます」

運転席で地図を眺めていた晴夏が、笑顔を向けてきた。

「俺、どのくらい寝てた？」

「今は12時なので、4時間くらいですかね。スーパーから持ってきた水は、みんなで運び出しましたので」

「起こしてくれればよかったのに……」

「けっこう物音を立てていたのに、ぜんぜん起きる気配がなかったんですもん。可哀想《かわいそう》だから、起きるまでわたしが付き添うことにしたんです」

「それは悪かった。ところで、何を読んでいるんだ？」

「県内の地図です。スマホもカーナビも使えないので、何かあった時のために、暗記しておこうと思って」

「暗記……？　そんなことができるのか……？」

「完全には無理なので、目印になりそうなものを頭に入れていく感じですかね」

「そっか。俺は方向音痴だから、助かるよ」

「えへへ、今後も車の運転は任せてくださいね」

「となると、晴夏《はるか》が着ける防具のことも考えないといけないよな。一ノ瀬《いちのせ》さんから両腕に雑誌を巻くことを提案されたけど、ずっと着けているのは難しいだろうし……」

「やることがたくさんですね……。ちなみに月城《つきしろ》先輩たちは、雨水を溜《た》めておけるようにするため、屋上にタライや大鍋を運んだみたいです。あと、物置にドラム缶があるのを発見しました」

「よくドラム缶なんてあったな」

「キャンプでドラム缶風呂をした時に使ったみたいですね。一緒にすのこやレンガも置いてありました。

それでわたし、思いついたんです。みんなで近くの河に行って、ドラム缶風呂に入るのはどうかなって」

「いやいや、さすがにそれは危険すぎるだろ。河みたいな開けた場所に行ったら、いつゾンビに襲われるか、わからない」

「やっぱりそうですよね……。……でも、水道が使えなくなったからって、お風呂を諦めちゃっていいんでしょうか？」

「……どういうことだ？」

「先輩は一昨日《おととい》、『今日より明日は良くなると信じられるようにしてみせる』って言ってくれたじゃないですか？　生きる希望を持つには、我慢することを増やしちゃダメだと思うんです」

「……一理あるな」

たしかに、数ケ月《かげつ》であれば風呂は我慢はできるかもしれない。しかし、俺たちの人生は、これから何十年も続くのだ。

月城《つきしろ》さんたちが今後一歩も外に出ることなく、俺が運んでくる食料を食べるだけの毎日を送っていたら、いつか精神的に参ってしまうかもしれない……。

「安全に使える河原《かわら》がないか、探してみよう」

「ありがとうございます！

それでですね、調達をお願いしたいものがあるんです。河辺でドラム缶風呂をやるってことは、水着が必要になるじゃないですか？」

「たしかにそうだな」

さすがにバスタオル1枚で入るわけにはいかないだろう。

いや、俺としては眼福《がんぷく》になりそうなのでぜんぜん構わないのだが、女性陣は抵抗があるに決まっている。

「というわけで、安全に水着を選べるデパートを用意してください」

「無茶《むちゃ》を言うな」

「デパートにいるゾンビを全員縛り上げるだけじゃないですか」

「簡単に言うなよ……。デパートの様子は見てないけど、少なくとも数千人、下手《へた》したら数万人のゾンビがいるんだぞ？」

「1日1万人を捕獲すれば、数日で終わりますね」

「鬼か」

「やっぱりダメですか……」

「当たり前だ。家に水着はないのか？」

「高校では水泳の授業がないので、中学の時のなら。でもスクール水着ですし、胸がキツいんですよね……」

「………」

「今、胸を見ましたね？」

「見てない」

「水着を手に入れる手伝いをしてくれたら、不問にしましょう」

「だから、見てないって」

「せっかく先輩に見せるんですから、可愛《かわい》いのを着たいんです。先輩もわたしの水着姿、見たいでしょう？」

「いや、別に」

「本当のことを言わないと、あの動画をみんなに見せて、わたしの前では従順なワンちゃんになることをバラしますよ？」

「……見たいです」

「スクール水着とビキニ、どっちが見たいですか？」

「それは……」

「ケージに入った写真もありますよね～」

「ビキニ一択です……!!」

「ですよね～……。わたしは初ビキニを頑張るので、先輩も頑張ってください」

晴夏《はるか》はそう言って照れ笑いを浮かべた。自分の水着姿のためなら、俺がいくらでも頑張ると信じて疑わないようだ。

その通りである。

「さすがにデパート中《じゅう》のゾンビを捕まえるのは無理だと思うから、何か方法を考えてみる。洋服屋さんを見つけて、ゾンビを一掃するとか……」

「よろしくお願いします！」

「ただし、それでも安全だとは言い切れないから、水着を選ぶ時は常に俺が一緒にいることになるぞ？」

「もちろんいいですよ。せっかくなので、わたしの水着を一緒に選んでください」

ゾンビを排除できれば、晴夏の水着の試着に付き合えるわけか……!!

これは、かなりやる気が出たかもしれない。

★　★　★

「――みなさん。お風呂に入りたいとは思いませんか？」

その日の15時過ぎ。晴夏はみんなを食堂に集め、そう問いかけた。

「……日向《ひゅうが》さん、どういうことですか？　水道が使えなくなったので、お風呂は諦めることになりましたよね？」

「月城《つきしろ》先輩、よくぞ聞いてくれました。実は、先輩が尽力してくれたおかげで、ドラム缶風呂に入れることになったんです。しかも、洋服屋さんで水着も手に入ります」

晴夏はこれまでの経緯を３人に話して聞かせる。俺が近くの河原《かわら》に行き、周囲にいたゾンビをすべて捕縛したこと。軽トラックを入手してドラム缶を運び、河原に設置してきたこと。水着を取り扱っている洋服屋さんを見つけ、店内の安全を確保したことを。

「というわけで、希望者は一緒に河原に行きましょう。お風呂のためなら外に出たいという気持ちはあるか、聞かせてください」

「「「…………」」」

３人は困惑し、お互いの顔を見合わせている。いきなりそんなことを言われても、すぐには決められないだろう。

「……つまり、命懸けでお風呂に入りたいかどうか、ということですよね……」

月城さんがポツリとつぶやいた。そう聞くと、ものすごい決断を迫っているな……。

「わかりました。じゃあまず今日は、わたしと先輩だけで行ってきます。それで大丈夫なことが確認できたら、明日以降にまた――」

「それはダメです」

月城《つきしろ》さんがピシャリと言い放った。

「私たちは協力して生きていく仲間です。これ以上、お2人だけを危険な目に遭わせるなんて、そんな虫がいいことは……」

「いやいや、そこまで重く考えないでください。元はと言えば、ドラム缶風呂っていうのは、晴夏《はるか》が言い出したワガママなんですし」

「……あのさ。アタシ、行きたいかも」

リサさんが突然、そう切り出した。

「ずっとお風呂に入らないのはキツいっていうのもあるけど、それだけじゃなくて……。外の世界がどうなってるか、そろそろちゃんと見ておきたい」

「……ご迷惑でなければ、私もご一緒したいです」

一ノ瀬《いちのせ》さんも同調し、覚悟を決めたような表情で続ける。

「死ぬまでここを出ないわけにはいきませんし、いい機会かもしれないというか……」

「決まりですね。今日は5人全員で、外出しましょう」

月城さんは迷いが晴れた表情で呼びかけた。リサさんと一ノ瀬さんは頷《うなず》く。

こうして3人は、外に出る決意を固めたのだった。

俺たちは着替えなどを持ち、晴夏の運転で洋服屋さんへと向かったのだが――

★　★　★

「……本当にメチャクチャになってる……」

後部座席の右側に座ったリサさんは、寮の敷地を出た直後、異様な光景に圧倒されながらつぶやいた。

「ゲームの映像みたい……今の今まで半信半疑だったけど、本当だったんだね……」

ゾンビ騒動が起きてから一度も外に出ていなかったリサさんは、車窓から見える景色《けしき》によって、ようやく現実味が湧いたようだ。

反対側に座った一ノ瀬さんも同様らしく、道路をうろつくゾンビや、黒焦げになった事故車を無言で見つめている。

一方月城さんは、後部座席の真ん中でうつむき、外を見ようとしない。これまでずっと門番を買って出ていたわけだが、本当は無理していたのかもしれない……。

やがて、ゾンビを一掃した洋服屋さんに到着した。まずは俺1人で店内の安全を再確認し、4人を招き入れる。

「先輩はどんな水着が好きですか?」

みんなで水着コーナーに向かっていると、晴夏《はるか》がからかうように質問してきた。

「俺の希望を聞いてどうするつもりだ」

「参考にさせてもらうんです」

「自分の趣味で選べばいいだろ」

「わたしは優しいので、先輩の希望を聞いてあげるんじゃないですか」

「そんなことを言われてもな……」

リアクションに困りながらも、陳列されている水着を眺める。

正直、晴夏はどれを着ても可愛《かわい》くなると思った。しいて言うなら、なるべく布面積は小さい方がいい。他の男に見られる心配はないんだからな。

とはいえそんな欲望、そのまま口にする勇気はない。かといって面積が大きい水着が好みなんていう、心にもないことは言いたくない。難しい問題だ……。

「目移りして1つに選べない感じですか？」

半笑いの晴夏に鋭い指摘をされ、反射的に否定する。

「そんなことは一言も言っていない。そもそも、1つに絞る必要はあるのか？　毎日風呂に入る時に着けるなら、複数あった方が便利だろ」

どうせなら色々なタイプの水着を着てほしいと思って提案したのだが、晴夏は頬《ほお》をふくらませた。

「せっかく楽しく水着を選んでいるんですから、水を差さないでください」

「そっちが俺を巻き込んできたんだろうが」

「わかりました、自分で選ぶことにします。とはいえ先輩が好きな色だけでも聞かせてください」

「好きな色……」

再度売り場の水着に目を移す。きっと晴夏は、その色の水着を優先的に着てくれるということなのだろう。

しかし、晴夏に何色が似合うかは見当もつかない。白や黒も良さそうだし、赤や青も似合いそうだが……。

「強いて言うなら、ピンクと水色かな」

自分の考えを伝えると、なぜか晴夏は言葉を失った。

そして変な間があった後、ためらいがちに確認してくる。

「先輩それ、わたしが着けていた下着を参考にしていますよね？」

「――えっ？」

「だって昨日が水色で、一昨日《おととい》がピンクでしたし」

そう指摘された瞬間、たしかにブラジャーがピンクで、パンツが水色だったことを思い出した。

「ち、違う！　偶然だ！」

「そんな偶然、あるわけないじゃないですか」

晴夏《はるか》は疑惑の視線を向けてくる。

まさにおっしゃる通りなので、反論の余地がない。

「それとも、わたしの下着を見たことで先輩の価値観が変わったとでも言うんですか？」

「………………」

「えっ⁉　図星なんですか⁉」

「なんというか……ノーコメントで頼む」

「な、なるほど……。わたしが下着を見せる度、先輩の好きな色が増えていくわけですか……」

頬を赤らめた晴夏が、複雑そうな表情でつぶやいた。

俺、変態だと思われているんだろうな……。

「……ひとまず、リクエストは受け付けました。先輩が好きなピンクと水色の水着を試着しますので、ちょっと待っててくださいね」

晴夏は恥ずかしそうに言った後、試着室に持ち込む水着を選びはじめた。

あまりジロジロ見るのもどうかと思ったので、売り場から離れる。

　店内をぶらぶら歩いていると、買い物カゴいっぱいに商品を詰めているリサさんとすれ違った。水着だけでなく、普通の洋服もたくさん入れているようだ。

　目が合ったリサさんは、照れ笑いを浮かべる。

「せっかくタダなんだし、色々もらっていこうと思って」

「いいと思います。洗濯も大変になるわけですし、衣服はたくさんあった方が」

「だよね？　でも助かったよ。アタシ最近胸が大きくなっちゃって、ブラジャーがキツいなって思ってたところだからさ」

「そ、そうなんですか……」

　リアクションに困りつつも、つい胸元に目をやってしまう。

　すると突然、背中に衝撃が走った。

　振り返ると、ジト目の晴夏が立っていて、後ろから頭突きを食らわされたのだとわかった。

「これなんかいいと思うんですが、どうでしょうか？　先輩が愛してやまないピンク色ですよ？」

　晴夏は服の上から水着を合わせていたのだが、ピンクを基調とした、かなり露出度の高いビキニだった。

　そんなものを提案されたら、背中を押さない理由がない。

「よくわからないけど、似合いそうじゃないか？」

「じゃあ試着してみるので、感想を聞かせてください。ウロウロしないで、試着室の前で待っていてくださいね」

なぜか釘《くぎ》を刺すような言い方だった。

「俺が試着室の前で待っているっていうのも、変な話じゃないか？」

「……たしかにそうですね。では試着室からは適切な距離を保ちつつ、わたしが戻ってくるまで目と耳を塞いで待っていてください」

そんな怖すぎる命令をした後、晴夏《はるか》は試着室に入ってカーテンを閉めた。

……水着を試着するってことはいったん全裸になると思うんだが、試着室がカーテン1枚というのは心許《こころもと》なさ過ぎるのではないだろうか？　どこかに隙間があったら見えてしまいそうだが……。

とはいえ晴夏はカーテンをキッチリ閉めたので、事故が起きることはなさそうだ。残念でならない。

などと観察していると、リサさんは追加でピンク色の水着を手に取り、試着室に入っていった。

一方、月城《つきしろ》さんと一ノ瀬《いちのせ》さんは、水着選びがあまり捗《はかど》っていないようだ。2人の会話に耳を澄ませてみる。

「私、学校から指定されずに水着を選ぶのは初めてなのですが、何を基準にすればいいものなのでしょうか……」

たくさんの水着を前に立ち尽くしている月城さんが、一ノ瀬さんに質問した。

「……私もスクール水着しか着たことがないですが、体を洗うことを考えると、なるべく装飾が少なくて、面積が小さい方がいいかと……」

「なるほど。貴重なご意見、ありがとうございます」

月城さんは納得が行ったらしく、ビキニタイプの水着に手を伸ばした。

「……正直抵抗はありますが、背に腹は代えられませんよね。帰宅後は自分の手で洗濯しなければならないんですし、実用性を第一に考えないと」

「そ、そうですよね……」

一ノ瀬さんは蚊の鳴くような声で返事した後、同じくビキニを手に取った。

「月城さんもビキニを着るんですし、私も試してみようかな……」

「では、試着してみましょうか」

「はい……」

どうやら話がまとまったようだ。女の子たちが初めてのビキニを選ぶ現場に立ち会うって、すごい状況だな……。

「だ～れだっ？」

物思いにふけっていたら突然、背後から目隠しをされた。

「こんなことしてくるヤツは、晴夏《はるか》しかいないだろ」

両手を外させて振り返ると、そこには天使がいた。

晴夏が身につけているピンク色の布は、その素肌を申し訳程度にしか隠していない。胸の谷間も、おへそも、ふとももも、すべて見放題だ。

あんまり見たらセクハラになるとわかりつつ、目が離せない。

ヤバい……可愛《かわい》い……!!　一生この格好でいてほしい……!!

「……先輩、さすがに見すぎです」

晴夏は両手で胸を隠しつつ、恥ずかしそうに苦情を言ってきた。

「まったくもう……。先輩は本当にエッチですね……」

頰《ほお》をふくらませた晴夏を見て我に返った俺は、慌てて目を逸《そ》らす。

「……すまなかった。俺は今、どうかしていたんだ」

「まぁ、別にいいんですけどね。わたしの水着姿がすごすぎて、先輩が我を忘れちゃったってことですし」

「い、いや、そういうわけでは……」

「あれだけガン見しておいて、ごまかせると思うんですか？　頭からつま先まで、何往復もしてましたよね？」

「…………」

「ふふっ。先輩は本当に可愛いですね」

晴夏は勝ち誇ったような笑みを浮かべ、胸元から手を離した。

もっと見てもいいという意思表示なのかもしれないが、もう視線を向けたりしない。

するとそこで、別の試着室のカーテンが開き、水着姿のリサさんが出てきた。

ピンク色のビキニを着けたその体は、ものすごい迫力だった。

リサさんは俺と目が合うと、晴夏以上に豊満な2つのふくらみを揺らしながらこっちに駆け寄ってくる。

「優真《ゆうま》くん、この水着どう思う?」

「えっ……えっと……いいと思いますが……」

しどろもどろになりながら答えると、リサさんはさらに1歩、俺に接近してきた。

そして背伸びをし、口元を俺の耳に近づけてくる。

「日向《ひゅうが》ちゃんとどっちが可愛いかな?」

ささやくと同時に、優しい吐息が耳にかかった。

思わず2人のことを見比べてしまう。ダメだとわかっているが、目が離せない――

するとそこで、別の試着室から月城《つきしろ》さんが出てきた。もちろん彼女もビキニに着替えており、思わず視線を引き寄せられる。

「――っ!!」

しかし、月城《つきしろ》さんは俺と目が合うと、すぐに試着室に引っこみ、カーテンを閉めてしまった。一体どうしたのだろう……？

するとそこで、急に右腕を引っ張られた。いつものように晴夏《はるか》の仕業だ。

「先輩、自分の水着は選んだんですか？」

「いや、まだだけど――」

「ダメじゃないですか。早く選びましょうね～」

晴夏は俺の右手を引《ひ》っ掴《つか》み、強引に引っ張っていく。

後ろ髪を引かれる思いで振り返ろうとしたら、人差し指を変な方向に曲げられた。

「先輩。危ないですから、ちゃんと前を見て歩いてください」

「歩きながら指を折ろうとする方が危ないのでは……？」

「ん？　何か言いましたか？」

「すみません、何でもないです……」

晴夏の声には、明らかに怒気が含まれていた。刺激しないよう、大人《おとな》しく連行される。

男性用の水着売り場は狭く、女性に比べて種類が圧倒的に少なかった。

「さてと、わたしが先輩の水着を選んであげましょう」

「俺は別にどれでもいいんだが」

「じゃあほとんどヒモの、大事な部分がギリギリ隠れるヤツにしましょう」

「節度を持って、真面目《まじめ》に選んでくれ」

結局、俺は学校の水泳の授業で着けるようなシンプルな紺の水着を選んだ。

予備として同じ水着を5着持ってさっきの場所に戻ると、もうみんな制服に着替え終わっていた。

「先輩、残念でしたね」

晴夏《はるか》が含み笑いをしているが、意味がわからない振りをしておく。

その後、晴夏も制服に着替えたところで、5人で車に乗り込んだ。

★　★　★

河原《かわら》に到着すると、まずは俺1人で見回りをしたが、周囲にゾンビの姿はなかった。

ゾンビ騒動が起きたのは平日の昼間だったので、この近くでゾンビになった人は少なかったのだろう。

いったん車に戻り、みんなで土手を下りていく。

「――えっ！　幸坂《こうさか》さん、1人で全部セッティングしてくださったんですか？」

月城《つきしろ》さんは目を丸くし、驚きの声を上げた。

なるべく手間を省けるよう、さっき下見に来た時にレンガを並べて土台を作り、その上にドラム缶を置いておいたのだ。

「よく1人でできましたね……」

「大したことじゃないですよ」

嘘《うそ》である。この巨大なドラム缶はおそらく20キロ以上あったので、ゾンビ化しなければ大変だっただろう。

しかし俺のでまかせを聞いて、月城さんは羨望の眼差《まなざ》しを向けてきた。

「……先輩、隙あらばモテようとしないでください」

「だから、モテようとはしてないって」

「さて、それでは作業を開始しましょうか。私と一ノ瀬《いちのせ》さんは火起こしを担当します。日向《ひゅうが》さんと星宮《ほしみや》さんは河の水を汲《く》んで、7分目くらいまでを満たしてください。ドラム缶の容量は200リットルなので、140リットルが目標ですね。幸坂さんはゾンビが出現しないか、周囲の見張りをお願いします」

「了解です」

こうして手分けしての作業が始まった。とはいえ、俺は見張っているだけなので、みんなの動きを観察することになる。

月城さんと一ノ瀬さんは物置から持ってきた着火剤を使って薪《まき》に火をつけようとしてい

るが、なかなか上手《うま》くいかないようだ。

晴夏《はるか》とリサさんは風呂桶《ふろおけ》を持ち、ドラム缶風呂と河を何往復もしている。1回で2リットルくらい運べるので、1人35往復することになるわけか……。

やがて薪《まき》に火がつき、ドラム缶の底を熱し始めたのだが、あまり火力が強くならないようだ。

「ぜんぜん温まりませんね……」

水くみを終えた晴夏が温度計を確認し、しょんぼりした。

「これ、何分くらいで入れるようになるんでしょうか？」

すると、一ノ瀬《いちのせ》さんがノートとペンを取り出し、何やら計算を始めた。見たことがない記号がたくさん書いてあって、意味不明だが……。

「今の水温から計算すると、おそらく3時間くらいかかるのではないかと」

「3時間……!?」

そんなのを待っていたら、文字通り日が暮れてしまう。

ゾンビが現れる可能性を考えると、できれば暗くなる前に撤収したい。何とかしなければ。

「提案なんですが、お湯の量を減らすのはどうでしょうか？　2人1組で入れば、少なくてもいけると思うんですが」

そんな晴夏の提案に、月城《つきしろ》さんが反論する。

「でもそれだと、幸坂《こうさか》さんが1人で入る時にお湯が少なくて大変なのでは？」

「大丈夫です！　わたしが先輩と一緒に入ります！」

★　★　★

晴夏の案が採用され、ひとまず今日はお湯の量を減らして入ることになった。

しかしそれでも、お風呂の温度が38度を超えるまでに1時間以上かかった。明日以降はカセットコンロを使ったりして、お湯が沸くまでの時間を短縮しなければならない。

「そろそろ入れそうですし、水着に着替えてきましょうか」

月城さんがみんなに呼びかける。

「車で1人1人順番に着替えてくるということでいいですよね？」

「窓が透明なので外から丸見えですけど、先輩のことはわたしが責任を持って見張っておくので、安心して着替えてください」

わざわざ周囲が不安になるようなことを言わないでほしい。

「大丈夫ですよ。ここにいる全員、幸坂さんのことを信用していますから」

月城さんはやわらかな笑みを浮かべ、話を続ける。

「それでは、誰が最初に着替えてきますか？」

「あ、俺は服の下に水着を着ているので」

実はさっき、洋服屋さんで試着した時に脱がなかったのだ。

「奇遇だね。アタシも服の中に水着を着たままなんだ〜」

リサさんはそう言って、着ているTシャツをおへその辺りまで捲《まく》り上《あ》げた。

中に水着を着ているとわかっているが、思わず息を呑《の》む。

「それでは、車内で着替えるのは私と日向《ひゅうが》さんと一ノ瀬《いちのせ》さんということですね」

「じゃあ、車の持ち主のわたしから着替えてきますね。この距離なら大丈夫だと思いますが、車内が見えないかのチェックをお願いしま〜す」

晴夏《はるか》はそう言って、土手の上に駐《と》めた車に向かっていった。もちろんすぐに視線を逸《そ》らす。

……今から晴夏が、あの中で素っ裸になるわけか……。

などと考え始めた直後、隣にいるリサさんがTシャツを脱ぎ捨て、先ほど見たピンク色のビキニのトップスが露《あら》わになった。

なるべくそっちも見ないようにしつつ、俺も服を脱ぎ始める。

結果、晴夏が戻ってくるより早く、俺とリサさんは着替えを終えた。

「……ところでさ、優真《ゆうま》くん。1人で入るとお湯がどのくらいになるか見たいから、ちょっと入ってみてくれない？」

リサさんが唐突にそんなことを言い出した。

たしかに、少なめのお湯でも入浴できるかもしれない。そうしたら、みんなが見ている前で晴夏と混浴せずに済むわけだ。

というわけで、38度まで温まったお湯に、実際に入ってみることになった。

靴を脱ぎ、アルミ製の3段だけの脚立《きゃたつ》に登って、お湯の中に足を踏み入れる。ドラム缶の底にはすのこが敷いてあるので、火傷《やけど》はしないはずだ。

実際に入ってみると、思っていた以上にお湯が少なかった。両足とも中に入れたのだが、水面が腰の辺りまでしか上昇しない。

「なるほど～。やっぱり1人だと厳しそうだね」

靴を脱いで脚立に登ったリサさんが、中を覗《のぞ》き込《こ》みながら言った。

「2人だと肩まで浸《つ》かれるかな？　ちょっと失礼しま～す」

「――えっ!?」

リサさんは俺の返事を待たず、ドラム缶の中に下りてきた。

水着姿のリサさんが、今にも触れられそうな距離にいる……。

「うーん、2人で入ってもお腹《なか》までしかお湯が来ないね。しゃがんだらもっと上まで来るかな？」

言うが早いか、リサさんはドラム缶の中で正座をした。

俺の両足の間に、リサさんの膝が入ってきた。

しかも動いた時に一瞬、豊満な2つのふくらみが、俺の太股《ふともも》に――

「ちょっと⁉ 何をしているんですか⁉」

土手の上で突然、甲高い悲鳴が上がった。着替えを終えて車を降りた晴夏《はるか》が、俺たちの混浴に気づいたのだ。

晴夏はすごい勢いで土手を駆け下りてくる。

「先輩とはわたしが一緒に入るんですよね⁉」

「ごめんね、なんか早く試したくなっちゃって。もし良かったら、アタシと優真《ゆうま》くんがペアでもいいよ？」

「大丈夫です！ 今すぐ変わりますので、星宮《ほしみや》先輩は出てください！」

「了解。あーでも、体が温まるまでちょっと待ってほしいかも」

「わかりました！ すぐに出なくてもいいので、先輩から離れてください！」

「だって、お湯の量が少ないから、しゃがまないと肩までつかれないし」

「だったら、水嵩《みずかさ》が増すようにわたしも入ります！」

晴夏は靴を脱ぎ捨てて脚立《きゃたつ》に登り、俺の後ろにある狭い隙間に無理やり入ってきた。

スペース確保のためリサさんが立ち上がったが、さすがに3人で入るのには狭すぎる。

前方からはリサさんの胸が、後方からは晴夏の胸が、それぞれ俺の体に押しつけられる……!!

とんでもない状況だ。お湯の温度は40度以下のはずなのに、体がものすごく熱い。

「星宮先輩、そろそろ温まったんじゃないですか？」

「うーん、もうちょっとかなー」

「そんなに寒いなら、ここから出て火に当たればいいんじゃないですか？」

「いやー、せっかくのお風呂なんだし、お湯の中で温まりたいかなー」

俺を挟んでやり取りをする２人。彼女たちが動くたび、極上のやわらかい感触が、薄い布ごしに伝わってくる。

なんだこれは？　天国か？　俺は死んだのか？　いや、ゾンビになったから死んだようなものだけど――

「ドラム缶風呂は遊ぶものではありません！」

言い争いをする２人に向かって、月城《つきしろ》さんが怒鳴りつけた。

「ふざけて入って、もし火傷《やけど》したらどうするんですか！　この世界に病院はないんですよ！」

「「す、すみませんでした……」」

あまりの剣幕《けんまく》に、思わず俺まで謝ってしまった。

「日向《ひゅうが》さんと星宮《ほしみや》さんは問題を起こすので、幸坂《こうさか》さんと一緒に入るのは禁止です。今すぐ出てください」

「でもそれだと、先輩が肩までつかれませんが……」

「心配無用です。幸坂さんとは、私が一緒に入りますから」

——ええっ⁉

しかし月城《つきしろ》さんは本気のようで、２人をドラム缶風呂から追い出した後、すぐ水着に着替えてきた。

月城さんが身につけているのは、さっき試着していたのとは違う、大人《おとな》っぽい白のビキニだ。晴夏《はるか》たちに比べると布面積が大きく、ためらいがちな表情も相まって、すごく清楚《せいそ》に感じる。

月城さんはお湯の中に体を沈め、俺と向かい合った。

「……恥ずかしいですね」

月城さんは気まずそうに胸元を両手で隠した。目のやり場に困る……。

「すみません、こんなことになってしまって……」

「幸坂さんのせいじゃないので、謝らないでください。……私は別に、嫌ではないですし……」

「そ、それならよかったです」

「……日向さんと星宮さんは、幸坂さんのこととなると張り合ってしまうようです。今後こうやってペアになる必要がある時は、私と組みましょう」

月城さんはそう言って、恥ずかしそうに微笑《ほほえ》んだ。

それはつまり、明日以降も毎回、月城さんと一緒に入るということだろうか……？

「……えっと、俺はもう十分温まったので、次の人どうぞ」

結局、月城さんと混浴していた時間は3分に満たなかった。水着姿で向かい合う気まずさと、周囲からの視線に耐えられなかったのである。

★　★　★

その後、一ノ瀬《いちのせ》さんも水着に着替えて、女性陣は交代でドラム缶風呂に入った。

その様子を何気なく見ていると、入浴を終えた晴夏に耳を引っ張られ、少し離れた場所に連行される。

「先輩、見すぎです」

普通に注意された……。

「あと、星宮先輩との距離が近すぎると思います。今後お風呂に誘われた時は、もっと毅《き》然《ぜん》とした態度で拒絶しないとダメですよ」

「でも、一緒に暮らす仲間なわけだし」

「限度というものがありますよ。2人きりでドラム缶風呂に入られたら、彼女として心配になります」

「──えっ？」

唐突すぎる発言に、思わず数秒思考が止《と》まった。

一方の晴夏《はるか》は眉をひそめ、聞き返してくる。

「わたし、何かおかしなことを言いましたか？」

「いや、その……」

たしかに俺がゾンビになって死ぬと思っていた時、晴夏に「今からわたしが、先輩の彼女になってあげます」と言われたけれど……。

「俺たちが付き合うって話、まだ続いていたのか？」

「──はぁっ⁉ 当たり前じゃないですか‼」

晴夏は目を丸め、悲鳴に近い大声を出した。

「すまん。正直、全部冗談だと思っていた」

「……先輩ってゾンビだから、10時間くらい首を絞めてもいいんでしたっけ？」

「良くないです」

さらっと怖いことを言うのはやめていただきたい。

「ち、違うんだよ。恋人になるっていうのは、俺がもうすぐ死ぬと思っていたから提案したことだろ？　だから生き延びた時点で無効になっているものかと……」

「仮に無効になっていたら、わたしは先輩と同じ部屋で寝ませんし、スカートの中を覗《のぞ》かれた時に笑って許さないと思うんですが？」

「てっきり、晴夏はそういうことに抵抗がない女の子なのだと思っていた」

「先輩ってゾンビだから、髪の毛を全部剃《そ》ってもいいいんでしたっけ？」

「ゾンビと関係ない提案をしないでくれ」

「坊主が嫌なら、罪滅ぼしとして、みんなの前で恋人宣言をしてください」

「なんでだよ」

「星宮《ほしみや》先輩にちょっかいを出されないようにしたいんです。さぁ、みんなの前でわたしのことが好きだと言いましょう」

「さすがにこのタイミングで急に言うのはおかしいだろ。そもそも、ちょっかいって何だよ」

「さっきみたいに、2人きりでお風呂に入る行為に決まっているじゃないですか」

「アレは、2人で入ったらどうなるか実験してみただけだろ」

「ゾンビになると、そこまで頭が悪くなるんですか？」

「シンプルな悪口」

……とはいえ、恋人からしたら心配になるのは当然か。俺も逆の立場だったらモヤモヤすると思うし……。

「悪かったよ。晴夏《はるか》が嫌だって言うなら、今後は断るようにする。……ただ、みんなに気を遣わせるから、俺たちの関係は黙っていてほしい」

「……えへへ。今の発言、なんか彼氏っぽかったですね」

晴夏はそう言って微笑する。

「わかりました。先輩に彼氏としての自覚が芽生えたようなので、今回は特別に許してあげます。……ただし、またさっきみたいなことがあったら、折りますからね？」

「何を？」

★　★　★

やがて全員が入浴し終えたので、ドラム缶を熱していた火を消し、お湯を捨てて帰ることになった。

ドラム缶風呂は明日以降も使用するので、このままの形で残しておく。

久しぶりに外出し、野外で入浴という非日常を味わったからか、帰りの車内は雰囲気が明るかった。晴夏の言う通り、風呂を諦めなくてよかったと思う。

大変な時だからこそ、こうやって小さな幸せを見つけていきたい。

――だが、寮に戻ってみると、建物の電気が点《つ》かなくなっていた。

すぐに食堂に行ってブレーカーを確認したが、特に異変はないようだ。

「……幸坂《こうさか》さん、見てください」

一ノ瀬《いちのせ》さんが窓の外を指差した。

「もう暗くなり始めているのに、道路にある街灯が点いていません」

「本当ですね……。ぜんぜん気づかなかった……」

どうやら、この辺一帯が停電しているようだ。どこかで電線に異常があったのだろうか。

それとも、ずっと持ちこたえていた発電所が、ついに陥落したのだろうか。

俺たちはスマホのライトで食堂内を照らし、薄暗い中で夕食を摂《と》ることになった。

しかし、今日からはＩＨも電子レンジも使えない。冷蔵庫も使えなくなるし、スーパーにある冷凍食品はすべて解凍されてしまうだろう。

「今日は缶詰など、そのまま食べられるもので済ましましょう」

月城《つきしろ》さんはすぐに現実を受け入れ、今できることをやりながら言い連ねる。

「幸坂さん、明日になったらカセットコンロを持ってきていただけると助かります」

「わかりました。あと、懐中電灯を大量に持ってきましょう」

「せっかくなので、アロマキャンドルみたいなのもほしいですね」

晴夏《はるか》は相変わらずで、呑気《のんき》に続ける。

「どうします？　今から取りに行きますか？」

「いや、暗くて事故る危険があるし、持ってくるのは明日にしよう。各自、停電したことで必要になったと思うものを考えておいてもらえると助かります」

こうして俺たちは食事を始めたが、部屋が暗いというのは想像以上に大変だった。

まず、単純に食べづらい。さらに、視界が悪いと味を感じづらいし、自然と気持ちも沈んでしまう。

明日からの生活を考えただけで、頭が痛いな……。

「なんか、キャンプの食事みたいで楽しいですね。明日、テントと寝袋も持ってきましょうよ。あと、街が真っ暗だと星が綺麗《きれい》に見えるはずなので、望遠鏡も」

晴夏が通常運転なのが唯一の救いだ。さすがに少し元気すぎる気もするが……。

その後、なんとか食事を摂《と》り終えた俺たちは、各自の部屋に向かった。これだけ暗くては何もできないから、早めに寝ることにしたのだ。

明日は日が昇ったら、すぐに物資調達に行くとしよう……。

★　★　★

……就寝してしばらく経《た》った頃。夢の中で、女性が発する長い絶叫を聞いた。

続いて遠くの方で、月城《つきしろ》さんの叫び声が聞こえた。その声音は、沈着冷静な月城さんからは想像もつかないほど動転したものだった。

さらに、2人分の慌ただだしい足音がこちらに近づいてきた。寮の入口あたりから、まっすぐこの部屋に向かってきて――

勢いよく、現実のドアが開いた。

さっきまでの不穏な音は、すべて現実のものだったのだ。

尋常ならざる雰囲気を察し、脊髄《せきずい》反射的に上半身を起こす。

直後、部屋の入口にいる月城さんが、スマホのライトでこちらを照らしてきた。その横にはスーツ姿の、20代前半くらいの見知らぬ女性が立っている。

「――大変なんです!!　門が!!」

目覚めて間もないので、頭が回らない。だが、月城さんの切迫した口調から、何か大変な事態になったことは推測できた。

俺は枕元にある麻縄を持ち、ふらつきながらベッドを抜け出す。

「この方が来て!!　門を開けたらゾンビがたくさんで!!　閉められなくて!!」

「――わかりました」

必要最低限の情報を得た俺は、月城さんたちの横をすり抜け、裸足《はだし》のまま部屋を出る。

廊下は真っ暗で、ほとんど何も見えない。しかし、そう遠くない場所で、不明瞭な呻《うめ》き声《ごえ》が発せられた。

ゾンビがすぐ近くまで迫っている。しかも、複数いるようだ。

いったん部屋に戻り、晴夏《はるか》を起こした後、予備の靴を履く。

よりによって、停電した直後にこんなことになるとは……。

「本当にすみません……私のせいで……」

月城《つきしろ》さんは涙声で謝り、その場に崩れ落ちた。もうこれで終わりだと思っているのだろう。

俺は月城さんの頭を、優しくなでた。

「大丈夫です。俺が全部何とかしますから」

驚いて顔を上げた月城さんに、微笑《ほほえ》みかける。

「月城さんは人助けをしただけです。誰も責めませんよ」

それだけ言って、俺は金属バットを手に取った。

——さてと。

格好《かっこ》つけてみたものの、やることは山積みだ。

室内にいる晴夏たちを守りながら、上の階にいるリサさんと一ノ瀬《いちのせ》さんと合流しつつ、門を閉じに行かなければならない。どういう手順で動けば——

ガシャン!!


突然、庭に面している窓ガラスが叩《たた》き割られた。

スマホのライトで照らすと、中年男性のゾンビが中に入って来ようとしていた。

素早く飛びかかり、外に押し出した後、手足を縛って地面に転がす。

もうこの部屋は危険だ。しかし、ゾンビが何体いるかわからない状態で、真っ暗な廊下に出るのは危険すぎる。

ガラスの破片を払いつつ窓を開け、全員で外に出ることにした。月明かりがあるので、寮内よりはマシだと判断したのだ。

寝起きの晴夏に靴を履かせ、他の2人と一緒に外に連れ出す。

だが、タイミング悪く月が雲に隠れてしまい、周囲が闇に覆われた。これではゾンビの位置がわからない。3人を守りながら門までたどり着くのは、至難の業だ。

俺1人なら多少の無茶《むちゃ》はできるが、晴夏たちをここに残して行って大丈夫だろうか。晴夏と月城さんは、室内にあった金属バットを1本ずつ持っているが——

するとそこで、晴夏はバットを地面に置き、何を思ったか1人で走り出した。

その目的はすぐにわかった。晴夏は危険を顧みず車に乗り込み、エンジンをかけてライトを点灯させたのだ。

周囲の闇が晴れ、ゾンビたちの姿が見えた。

ゾンビたちはライトとエンジン音に反応し、車に近づいていく。早く縛り上げないと囲まれてしまう――

だが、駆け寄ろうとしたところで運転席の窓が開き、晴夏《はるか》が大声を出した。

「先輩！　来なくて大丈夫です！」

「はっ⁉　何を言って――」

「先輩がゾンビを殺せないのはわかっています‼　だからわたしが‼」

直後、晴夏は車を急発進させ、近づいてきたゾンビを吹っ飛ばした。

さらに、いったん止まったかと思うと、すぐにバックを開始。後ろから近づいてきたゾンビたちを薙《な》ぎ倒《たお》す。

轢《ひ》かれたゾンビの中には無事な者もいれば、タイヤで頭を潰された者もいるようだ。

晴夏は近くにいるゾンビを目がけて前進と後退をくり返し、1人でも多く行動不能にしようとしている。

これはもはや、人間とゾンビの戦争だ。

だとしたら、晴夏がやっているのが正しい行動なのだろう。

――もう躊躇《ちゆうちよ》している余裕はない。動くのが遅れれば、誰かが死ぬのだ。

俺は晴夏が置いていったバットを拾い、すぐ近くのゾンビの頭部を目がけ、フルスイングした。

骨が砕けてやわらかい中身が潰れるような、嫌な感触が伝わってきた。しかも、1発では頭を潰せなかった。

「あああああっ!!」

雄叫《おたけ》びを上げ、目の前のゾンビを滅多打ちにする。バットを振り下ろす度、腐敗臭のする血液か内臓かよくわからないものが飛び散る。

おそらくもう、ゾンビの頭部は破壊し尽くした。しかし暗くて、とどめを刺せた確証は得られない。

そうこうしている間にも、他のゾンビたちがこちらに迫ってくる。

――この暗さだし、バレないだろう。

俺は覚悟を決め、月城《つきしろ》さんたちに背を向けてゾンビ化した。

再び金属バットを振るうと、一撃でゾンビの頭部を吹っ飛ばした。やはりゾンビの力は途轍《とてつ》もない。

暗闇の中、次々にゾンビたちを屠《ほふ》っていく。

大切な仲間を守るため、もう躊躇しない。

周囲はすぐに、頭部を失って倒れたゾンビだらけになった。これで少しの間なら、月城さんたちから離れても大丈夫だろう。

晴夏《はるか》は車で奮闘し続けてくれている。そのライトを頼りに俺は門までたどり着き、鍵をかけた。

しかし、もうかなりの数のゾンビが敷地に入ってきている。早く月城《つきしろ》さんたちのところに戻って、リサさんと一ノ瀬《いちのせ》さんと合流を――

だがそこで、異変に気がついた。

暗くて気づかなかったが、目の前に巨大な男性のゾンビがおり、こっちを見下ろしていたのだ。

全長は明らかに3メートル以上ある。まるで巨大な壁のようだ。

見上げた瞬間に総毛立つ。こいつはヤバいと、俺の本能が警告している。

「月城さん！　さっきの窓から部屋に！」

周囲のゾンビは一掃したから、ドアに鍵をかければ安全なはずだ。それより、こいつから離れさせないと――

「ウゴオおおオオッ!!」

巨人ゾンビは咆吼《ほうこう》し、いきなり殴りかかってきた。

接近する拳を目がけ、反射的にバットを振るう。まずはこの右手を砕いてやる。

だが、巨人ゾンビの腕は岩のように硬く、弾《はじ》かれてしまった。

——落ち着け。動いているんだから、全身が硬いわけではないはずだ。

それなら次は、別の部位を攻撃する。

躊躇《ちゅうちょ》せず懐に潜り込み、左膝を目がけてバットを振るう。

すると、陶器の皿を砕くような感触があった。巨人ゾンビの体勢が崩れる。

ここで畳みかける——と思った直後、何かが目の前を通過していった。

一瞬遅れ、それがゾンビの右腕だったことに気づいた。

拳を食らった俺の右手首から先がちぎれ、バットと一緒に吹っ飛んで行った。

もし今、相手が体勢を崩していなかったら、吹き飛ばされたのは頭だったかもしれない。

その事実に身震いした。

できることなら、今すぐ逃げ出したい。

けれど、俺には守るべき人たちがいるのだ。この化け物を、俺が何とかしなければ。

とはいえ、右手を失ったのは痛い。左手だけでどう戦えば——

「先輩っ!!　避《よ》けてくださいっ!!」

突然視界が真っ白になった。

一瞬遅れて、それが車のライトだと気づく。

巨人ゾンビの向こうから、晴夏が運転する車が突っ込んできたのだ。

横に飛び退《との》いた直後、巨人ゾンビを背後から思いっきり轢《ひ》いた。

その巨体がボンネットに乗り、後頭部が勢いよくフロントガラスに衝突。蜘蛛《くも》の巣状の亀裂が入った。

晴夏《はるか》が命がけで作ってくれたチャンスを逃すわけにはいかない。左手でバットを拾い、ボンネット上で仰向《あおむ》けになっている巨人ゾンビの上半身に飛び乗った。

まずは目玉を潰す――

しかし、振り上げたバットは、巨人ゾンビに掴《つか》まれてしまった。

バットはビクともしない。腕力では太刀打《たちう》ちできないようだ。

俺は咄嗟《とっさ》に、手首から先を失った右腕を、巨人ゾンビの顔の上にかざした。吹き出ている血液で、視界を奪おうと考えたのだ。

だが、巨人ゾンビは目にも留まらぬ速さで上半身を起こし、俺の右腕を食いちぎった。肘の辺りまでを、一瞬で丸呑《まるの》みにされたのだ。

白濁した目がこちらに向けられる。まるであざ笑われているような感覚に陥《おちい》った。

もうダメだ。こんな化け物に勝てるわけがない――

だが直後、巨人ゾンビが急に苦しみ出した。

掴んでいたバットから手を離し、俺を振り払って前屈《まえかが》みになったかと思うと、飲み込んだばかりの俺の右腕を吐き出した。

よくわからないが、千載一遇《せんざいいちぐう》のチャンスだ。

ヤツの脳天を目がけ、全力でバットを振り下ろす。

「——晴夏《はるか》ッ!!」

「はいっ!!」

俺の意志が100パーセント通じたようで、一度バックした後、急発進。巨人ゾンビの体を突き倒し、そのまま左の前輪が頭部を踏み潰した。

★　★　★

あんな化物を、万が一にも復活させるわけにはいかない。車をどけて巨人ゾンビの死を確認した後、さらに頭部を念入りに破壊し、二度と動き出さないことを確認した。

これで一番の脅威は去ったが、まだ安心はできない。敷地内に入ってきたゾンビたちを一掃しなければ。

その前に、一応ちぎれた右手と右腕を拾って断面を合わせてみると、なんと数秒でくっつき、しかも問題なく動かせるようになった。

まさか、ここまで再生力が高いとは。ゾンビの体、すごすぎるな……!!

などと感動している場合ではない。両手でバットを握れるようになったところで寮内に戻り、残りのゾンビたちを駆除していく。

途中で、もはやゾンビを殺すのに抵抗を覚えなくなっていることに気がついたが、それ以上考えるのはやめた。

それから10分ほどで、1階にいるすべてのゾンビを駆逐し終えた。

いったん庭に戻ると、晴夏が運転席から顔を出し、上空を指差した。

上を見ると、リサさんと一ノ瀬《いちのせ》さんが窓から顔を出しており、無事なことがわかった。

ホッと胸をなで下ろす。

「まだゾンビが寮内いるかもしれません！　ドアに鍵をかけて、俺が行くまで待っていてください！」

叫んだ直後、２人は両腕で大きく○を作った。

後は手順を間違えなければいいだけだ。月城《つきしろ》さんたちを安全な場所に移動させ、寮内にゾンビがいないか確認していき、リサさんと一ノ瀬さんと合流する。

「晴夏はこのまま、エンジンをかけっぱなしで門を見張っていてくれ。今から月城さんと、助けを求めてここに来た女性を車に連れてくる」

「わかりました」

「何かあったらクラクションを鳴らしてくれれば、すぐに駆けつけるから」

俺はそう言って寮の中に入っていき、月城さんたちが隠れている部屋のドアを開けた。

「ひとまず1階は安全になりました。俺は他の階を見に行くので、晴夏の車で待っていてください」

真っ暗な室内に向かって指示を出すと2人はうなずき、謎の女性、月城《つきしろ》さんの順で廊下に出てきた。

俺が先頭になり、物陰にゾンビがいないか警戒しつつ、晴夏《はるか》の待つ庭へと向かう。


「――危ないっ!!」


突然月城さんが背後で叫んだ直後、俺は前方に突き飛ばされた。

混乱しながら振り返ると、助けを求めてやって来た謎の女性が、月城さんの二の腕に噛《か》みついていた。

謎の女性は、肌が灰色に変色していた。暗くて気づかなかったが、ゾンビ化していたのだ。

おそらくここに来る前に噛まれていたのだろう。これは想定すべき事態だった――

自分の迂闊《うかつ》さを呪いながら、ゾンビを月城さんから引き離し、床に組み伏せる。

「この野郎ッ!!　よくも月城さんをッ!!」

バットで頭部を潰し、すぐさま月城さんの方に向き直る。

廊下に座り込んだ月城さんは、明らかに呼吸が荒くなっていた。

「すみません、上着を脱がせます」

血まみれの弓道着を脱がせると、右の二の腕に、痛々しい噛み傷があった。これだけ傷が深ければ、まず間違いなく感染しているだろう……。

なんと言葉をかければいいか、見当がつかない……。

しかし、黙り込む俺に向かって、月城さんは微笑《ほほえ》んだ。

「よかった……幸坂《こうさか》さんが無事で……」

「月城さん――」

「みんなのためにも、私より幸坂さんが生き残るべき……。だから気にしないでください……」

月城さんは蚊の鳴くような声で言い、痛みで顔を歪《ゆが》めた。

……こんなことになるなんて、想像すらしていなかった。

俺はゾンビに噛まれても問題ないことを、ちゃんと話していれば……。

月城さんを抱きかかえ、さっきの部屋に戻る。

俺のベッドに寝かせたが、すでに虫の息だ。

スマホのライトで周囲を照らす。

「月城さん、俺のことが見えますか？」

「……はい……」

「落ち着いて聞いてください。実は俺、ゾンビになれるんです」

意を決して告白したのだが、月城《つきしろ》さんは無反応だった。

「信じられなくて当然です。でも――」

実際にゾンビ化して見せると、月城さんが息を呑《の》んだのがわかった。

「本当なんです。だから俺はゾンビに噛《か》まれても大丈夫で……このことを隠していて、本当にすみません……」

「そう……だったんですか……」

「今さらお詫《わ》びされても、怒りは収まらないと思います。俺はどんな罰でも受けます。だから、何としても生き抜いてください。俺みたいに自我を失わない可能性もあるんです。どうか気を強く持ってください」

月城さんの手を握って元気づけたが、急速に体温が失われていく。俺の時と同じだ……。

「……幸坂《こうさか》さん。私が死ぬことは、どうか気にしないでください」

「でも……」

逡巡《しゅんじゅん》していると、月城さんが俺のことを力強く見据えてきた。

「――私、ずっと幸坂さんのことを、お慕い申し上げておりました」

「……えっ……」

「こんな大変な状況でも、みんなのことを考えられて……みんなのことを守ってあげて……尊敬できる男性だと……」

「違います。それは偽りの俺です。本当の俺は、みんなを騙《だま》す卑怯者《ひきょうもの》で――」

「たとえゾンビのことを隠していたとしても、あなたは自分にできることを全力でやっていました……。力を悪用することなく……。それは尊いことです……」

「……でも、俺が嘘《うそ》をついていたせいであなたは……」

「……私が幸坂さんを好きだという気持ちは、一生伝えることはないだろうと思っていました。だって、あなたには日向《ひゅうが》さんがいるから……。けれど、こういう状況になって、本心を伝えられたので、私は幸せです」

「……月城さん……」

「最後に1つだけ、お願いを聞いてもらってもいいですか……？」

「もちろんです。何でも言ってください」

「……幸坂さんに、私がゾンビになった姿を見られたくないんです。なので、今のうちに殺してください」

「……そんな……」

だが、月城さんの肌が、どんどん灰色に近づいていく。残り時間が少ないのだ。

何か、月城《つきしろ》さんを救う方法はないのか……。なぜ俺だけがゾンビになっても意識を保てているんだ――

その瞬間、さっきの巨人ゾンビが、俺の腕を飲み込んだ直後に苦しみ出した光景がフラッシュバックした。

俺は他のゾンビとは違い、自我を失わずに済んでいる。それは、俺の体内にウイルスに対抗する特殊な細菌か何かがいるからじゃないだろうか？　そしてあの巨人ゾンビは、俺の血液を飲んだことで細菌が体内に入り、苦しくなったのでは？

であれば、その細菌を月城さんにも与えればいいわけで――

「月城さん！　試したいことがあるんです！　月城さん！」

しかし、月城さんは目が虚《うつ》ろになっており、反応がない。肌はすっかり灰色になり、目も白濁しかけている。

この状態で、血を飲んでもらうことなどできるのだろうか。何か、細菌を送り込む方法は――

その瞬間、俺は唾液を飲ませることを思いついた。

ゾンビに噛《か》まれた時は、唾液に含まれるウイルスに感染するはずだ。であれば、俺の体内のアンチゾンビウイルスも、唾液に含まれている可能性が高い。

もう時間がない。反射的に、月城さんに口づける。

そして歯の隙間を舌でこじ開け、必死に唾液を送り込む。

「月城さん！　飲んでください！」

「……んんっ……」

月城さんは苦しそうにしながらも、俺の唾液を嚥下《えんげ》した。

だが、どのくらい送り込めばゾンビウイルスに打ち勝てるかは、わからない。月城さんが目を覚ますまで、延々と唾液を送り込み続けた……。

★　★　★

……それから、どれくらいの時間が経《た》っただろうか。

唾液を送り込み始めてからしばらく経った頃、月城さんの一度白濁した目が、徐々に元の色に戻ってきた。体温も少しずつ上昇しているようだ。

容態が落ち着いてきたようなので、いったんキスするのをやめる。

すると、月城さんが弱々しく口を開いた。

「……幸坂《こうさか》……さん……」

「月城さん！　俺がわかりますか!?」

「はい……私……まだ生きているんですね……」

「もちろんですよ！　ゾンビにならずに済んだんです！」

俺の時とは違い、月城《つきしろ》さんの姿は人間に戻り、噛《か》まれた痕もそのままだ。

どうやら唾液を送り込んだことで、ゾンビ化を阻害できたようだが……。

「……月城さん。俺は今から、寮内にゾンビが残っていないか確認しに行かなければなりません。でも、ここにあなたを残しておくのは怖い。なのであなたをおぶって、見回りをしたいのですが」

「わかり……ました……」

まだ体調が優れないのか、月城さんは力なく答えた。その体を背負い、寮内を歩きはじめる。

しかし、すべての階を見て回ったが、ゾンビの姿は見当たらなかった。ずっと庭で物音がしていたので、2階より上には行かなかったのかもしれない。

とはいえ、スマホのライトを頼りに捜索したので、まだ絶対に安全だとは言い切れない。朝になるまで油断しない方がいいだろう。

いったん月城さんを1階のベッドに寝かせて、リサさんと一ノ瀬《いちのせ》さんの部屋を訪ねた。

2人とも不安そうにしていたが、ゾンビが部屋の近くまで来た気配はなかったと言っていた。

今は月城さんのことがあるので、ひとまず2人には朝まで自室で過ごしてもらうことにする。

すぐさま1階に戻ってきたが、月城さんがゾンビになる兆候はない。彼女が意識を取り戻してから、もう30分は経《た》ったはずだ。これは大丈夫だと考えていいのだろうか……。

「月城さん、体の調子はどうですか……？」

小声で問いかけると、月城さんは上半身を起こした。

「噛まれたところが痛みますが、他は問題ないと思います」

「そうですか、よかった……」

「幸坂《こうさか》さん、ありがとうございました。私を背負って歩き回るの、大変でしたよね……」

「大したことないです。

……それじゃあ、脅威が去ったところで、俺たちの今後について話し合っておきたいのですが」

「――えっ⁉」

俺の提案を聞いた月城さんは、なぜか恥ずかしそうにうつむいた。

「……それは、私とお付き合いしてくださるということでしょうか？」

「いえ、ぜんぜん違います。月城さんがゾンビに噛まれたことや、俺とのキスでウイルスに打ち勝てたことをみんなに話すかどうかです」

「紛らわしい言い方をしないでください！」

頬《ほお》を赤らめた月城《つきしろ》さんに怒られてしまった。

「『俺たちの今後』と言われたら、そういうことだと思うじゃないですか！」

「す、すみません……」

そういえば、晴夏《はるか》にも同じような注意をされたような……。

「……申し訳ありません、取り乱しました。……その、あんなに情熱的なキスを長時間したせいか、そういうことで頭がいっぱいになってしまっていて……」

「な、なるほど……」

「というか、どうせ死ぬと思って気持ちを打ち明けたのに、生き長らえさせるなんてヒドいです。責任を取ってください」

「そんなことを言われても……」

「ふふっ、もちろん冗談です。幸坂《こうさか》さんには感謝していますし、命が助かっただけで十分ですから。

それで、今から決めなければならないのは――私たちのことを、みんなに正直に話すかどうかですね？」

「はい。一緒に暮らしている仲間が２人もゾンビに噛《か》まれていたと知ったら、不安を与えることになると思いますが――」

「私は、話すべきだと思います」

月城さんは力強く断言した。

「一緒に幸坂さんのことも明らかにするかは、お任せします。ただ、すべての情報を開示して、その上で私たちがこの寮にいても良いか考えてもらうというのが、正しい行動だと思います」

「でも、それでもし、追い出されるようなことがあったら――」

「受け入れて、私は他に拠点にできそうな場所を探します」

「………………」

やはり月城さんは、どこまでも正しい。

けれど、正しいだけで、それがみんなのためになるかどうかは別問題だ。

そもそも俺とは違い、月城さんは自由にゾンビ化できるわけではないのだ。この拠点を出て、生き延びられるとは思えない。

もっとも、月城さんはそれも覚悟の上なのかもしれないが……。

「幸坂さん？　どうかしましたか？」

「いえ、なんでもないです。それじゃあ明日になったら、俺と月城さんのことを、みんなに説明しましょう」

「よろしくお願いいたします」

月城さんは覚悟を決めた顔で言い、深々と頭を下げた。

「……ところで、今夜は私が門番をする予定だったのですが、戻った方がいいでしょうか？」

「いえ、体が心配ですし、今日は休んでいてください。見張りは俺が代わります。もし何か異変があったら、すぐに知らせに来てください」

「すみません、ありがとうございます」

月城《つきしろ》さんはそう言うと、すぐにベッドに横になった。もしかしたら強がっていただけで、実際は本調子じゃないのかもしれない……。

とはいえ、俺がここにいても何かできるわけじゃないし、むしろ休息の邪魔になるかもしれない。黙って庭に向かい、晴夏《はるか》がいる車の助手席に乗り込んだ。

すると、すぐさま苦情を言われる。

「月城先輩たちを連れてくるって言っていたのに、1時間以上も何をしていたんですか」

「ああ、悪い……ちょっといろいろあってさ」

「いろいろって何ですか」

「…………」

月城さんとキスをしたことを話したら、絶対に機嫌が悪くなるだろうな。

人工呼吸みたいなものだと言っても、聞き入れてもらえない予感がする。

となれば、面倒は先延ばしにするとしよう。

「明日の朝、みんなに話すから」

「何ですか、もったいぶらないで教えてくださいよ。……まさか、誰かがゾンビに噛《か》まれたとか……？」

……相変わらず、勘が鋭いな。

「実は、助けを求めてここに来た女性が、ゾンビに噛まれていたんだ。それで一悶着《ひともんちゃく》あってさ」

「そうだったんですか……」

晴夏は両目を閉じ、黙って手を合わせた。俺も一緒に黙祷《もくとう》する。

「……それと、今夜は俺が見張りをすることになったから、晴夏は部屋に戻っていいぞ。今までありがとな」

「いえ、ここにいさせてください。……あんなことがあって、どうせ眠れないと思うので……」

「そっか……」

それからしばらく沈黙が流れたが、やがて晴夏がポツリとつぶやく。

「……わたし、ゾンビをいっぱい殺しちゃいました」

「晴夏が動いてくれたおかげで、俺も戦うことを決断できた」

「わたし、正しいことをしたんでしょうか？　あのゾンビたちも先輩みたいに、意思の疎通ができるようになったかもしれないのに――」

「ゾンビを殺さなければ、みんなが犠牲になっていたはずだ。今は判断基準はそれだけでいいと思う。

……ただ、できれば俺も、もうゾンビを殺したくない。だから、ゾンビと戦わなくて済む拠点を、システムを考えないといけないと思う。

たとえば、門を2重構造にして、どっちかが破られてもすぐにゾンビが入ってこないようにするとか。あと、周囲に深い堀を作って、そもそもゾンビが近づけないようにするとか」

「なるほど……！　やっぱり先輩はいろいろ考えるのが得意ですね……！」

「ただ、あの3メートル超えのゾンビには、それくらいの対策じゃ足りないと思う。門も堀も簡単に乗り越えてきそうだし……」

「あのデッカいゾンビ、何だったんでしょうね？」

「わからないけど、突然変異か何かだろうな。世界で1番身長が高い人って、270センチくらいだったと思うし。ゾンビウイルスが体に入った後、俺とは別方向のイレギュラーが起きたとか……。

あんなバケモノを拘束できる気がしないし、次に規格外のゾンビが現れた時に備えて、武器も準備しておかないと……」

他にも、緊急時にみんなと連絡を取る方法や、助けを求めてきた生存者をしばらく隔離しておく方法など、考えなければならないことはたくさんある。

俺はひび割れたフロントガラスを見ながら、頭を働かせ続けるのだった。

4日目

長い夜が明けた。

空が白んでくると、昨夜《ゆうべ》の事件がいかに凄惨なものだったか、改めて思い知らされた。

建物の窓は割れ、そこら中に頭部を失ったゾンビが転がっている。

エンジンを切って車のドアを開けると、ものすごい腐敗臭が鼻を突いた。

「……一刻も早く、この人たちを埋葬してあげたいですね。野ざらしにしておくのは可哀《かわい》想《そう》なので……」

「そうだな。どこかに穴を掘って、埋めてあげよう。たしか、物置にシャベルがあったよな」

「埋めたところにお花を植えて、弔ってあげたいですね……」

「晴夏《はるか》は優しいな。後で花を持ってこよう」

こうして俺たちは、殺してしまったゾンビたちを埋葬することになった。

部屋に戻って服を着替えた後、庭の一角に大きな穴を掘っていく。

すると、作業を始めてすぐ、物音を聞きつけた月城《つきしろ》さんがやって来た。

「幸坂《こうさか》さん、昨夜は見張りを代わっていただき、ありがとうございました」

「少しは休めましたか？」

「そうですね……。結局一睡もできませんでしたが、目を瞑《つぶ》って横になっているだけで、だいぶ楽になった気がします」

「それはよかった。昨夜は死にかけたんですから、眠れなくても仕方ないと思います」

そんな慰めの言葉を伝えると、月城さんは頬《ほお》を赤らめた。

「……眠れなかった一番の理由は、好きな人にキスされたからなんですが」

月城さんは俺にだけ聞こえる声量で言った。ほんの少しだけ咎《とが》めるような口調だった。

やがてリサさんと一ノ瀬《いちのせ》さんも庭に出てきたので、5人がかりで埋葬作業を始めた。体液がつかないように注意しつつ、頭部を失ったゾンビを穴に運び入れていく。

最後のゾンビを埋葬し終えたのは、作業を始めてから2時間以上が経《た》った頃だった。

穴を埋め終えたところで、みんなでお墓に向かって黙祷《もくとう》する。

だがそこで、すぐ横にいる月城さんの様子がおかしいことに気がついた。呼吸が荒く、立っていることすらツラいようだ。

「月城さん……？　大丈夫ですか……？」

その場にへたり込んだ月城さんの手に触れると、驚くほど冷たかった。

まさか、またゾンビ化が進行し始めたのか……!?

「幸坂《こうさか》さん……苦しいです……!!　またキスを――」

その言葉を遮るように口をくっつけ、唾液を送り込みはじめた。

晴夏《はるか》たちが唖然《あぜん》としているが、説明している暇はない。

「……んんっ……あぁっ……」

荒々しく息継《さえぎ》ぎしつつ、濃厚なキスをくり返す俺たち。

しばらくすると、触れている手が温かくなってきた。いったんキスをやめ、様子を見ることにする。

そこでふと、ものすごい形相でこっちを睨《にら》みつけている晴夏と目が合った。

両手を強く握りしめ、怒りのあまり体を震わせている。

「な……なに堂々と浮気してるんですか――!!」

「いや、これは違くて……」

言い訳しようとして周囲を見回すと、一ノ瀬《いちのせ》さんは恥ずかしそうに目を逸《そ》らしており、リサさんは信じられないものを見るような目をこちらに向けていた。

当たり前だが、完全に誤解されていた。

彼女たちからしたら、俺と月城《つきしろ》さんは、急にみんなの前でディープキスをし始めたヤバいカップルなのである。

その後、みんなに食堂に移動してもらい、すべてを打ち明けた。俺が自我を失わずにゾンビ化できることから、昨夜《ゆうべ》月城さんが噛《か》まれたことまで、全部である。

「――というわけなんだけど、どうやら月城さんの体内に入ったゾンビウイルスは、まだ死んでいないみたいなんだ。俺の体内から送り込んだ細菌の数が減ると、勢いが復活するのかもしれない」

「だから先輩は、月城先輩がゾンビになりかける度にキスする必要があると……？　しかも、唾液を送り込まなきゃいけないから、毎回濃厚なキスを……」

「そういうことだな……」

「ゾンビウイルスが活性化するとすごく苦しくなるので、できれば体内の細菌が一定以下にならないよう、定期的にキスをお願いしたいです……」

「たしかに、その方がいいかもしれませんね。昨夜キスしてから7時間くらいで苦しくなったので、6時間に1回はするようにした方がいいかと」

「1日に4回もあの濃厚なキスを……!?」

晴夏は驚愕《きょうがく》のあまり目を見開いた。

一方、月城さんは責任を感じて恐縮している。

「すみません幸坂さん、私のせいで……」

「いえ、気にしないでください。俺がもっと早くゾンビ化のことを話していれば、月城さ

ん は噛《か》まれずに済んだわけですし」

「でも、みんなの前で何度もキスするのは、抵抗があるんじゃないですか……？」

「キスと言っても、人工呼吸みたいなものですから。みんなも気にしないと思います」

「いや、先輩、さすがに気になると思いますが」

「そうか。じゃあ、キスする時は2人きりになるようにするよ」

「うっ……それはそれで嫌ですね……」

「どっちなんだよ」

「目の前でキスしている2人を見るのは嫌ですが、目の届かないところでされると、その先に発展しているのではないかと想像してしまいそうで」

「発展なんかするわけないだろ。俺の体内にはゾンビウイルスが――」

と、そこまで言ったところで、俺は大変なことに気づいた。

月城《つきしろ》さんが相手であれば、性行為をしても問題がないのだ。

むしろ、ゾンビウイルスを体内に有している俺と月城さんは、お互い以外とはそういう行為ができない体になっている。

しかも俺は、月城さんから好意を持たれているわけで――

「「「「…………」」」」

　4人分の視線が、俺に集まっている。途中で話すのをやめた上、しばらくエッチな妄想をしてしまったせいで、不審がられているようだ。

「……話を戻します。6時間に1回となると、俺たちはほぼずっと一緒にいないといけないですね。食料調達に同行してもらう必要がありますし、同じ部屋で寝て、寝る直前と起きた直後にキスしないといけないというか――」

「同棲《どうせい》初日のカップルですか!!」

　晴夏《はるか》がツッコミを入れてきたが、これは決定事項なので無視する。

「とりあえず、今日から俺と月城さんで1部屋を使おうと思うんだが」

「わたしも同じ部屋で寝起きします！　絶対に！」

「いや、ベッドが足りないだろ」

「他の部屋から持ってきましょう！　他の家具を撤去すれば、十分にスペースはできます！」

「それは……不可能ではないと思うけど……」

「だったら、アタシも同じ部屋にしてもらってもいいかな？」

　リサさんが質問してきた。

「今回みたいなことがあった時、全員まとまっていた方がいいと思うんだよね。1人部屋だと、不安感がヤバいから」

「……できれば、私もご一緒したいです」

一ノ瀬《いちのせ》さんも同調した。たしかに、5人全員が同じ部屋で寝泊まりした方が、警備上も都合はいい。

「部屋の広さ的に、2段ベッドを3つ並べるのは不可能じゃないよな。私物は別の場所に置いておくことにすれば、何とかなるか」

こうして急遽《きゅうきょ》、全員の引っ越しが決まったのだった。

★　★　★

朝食を簡単に済ませた後、家具の配置換えが行われた。2段ベッドはいったん分解し、5人がかりで移動させたので、そこまで大変ではなかった。

続いて、夜に備えて懐中電灯などをスーパーに取りにいくことになった。もちろん月城《つきしろ》さんにも同行してもらう。

晴夏《はるか》の家の車は昨夜《ゆうべ》の戦闘でフロントガラスに大きな亀裂が入ってしまったので、別の車を調達して来なければならない。

軽トラックは無事だが、2人乗りなんだよな……。

出かける前に寮の廊下で晴夏を捕まえて、方針を決めることにする。

「いつものスーパーに軽トラックで行ってくるけど、晴夏はどうする？」

「助手席には月城先輩を乗せるんですよね？」

「まぁ、そうなるよな」

「自分の彼女じゃなく、月城先輩を」

「ふてくされるなよ」

「わたしは自分の車を運転して、ついていきます。そうすれば車2台で戻ってこられますし」

「フロントガラスが割れているけど、大丈夫か？」

「わたしの運転テクなら問題ありません」

「頼もしすぎる。すまないな、助かるよ」

「いえ、気にしないでください。それじゃあ、1人寂しく車に乗り込もっと」

「……その嫌味《いやみ》、月城さんには聞こえないようにしろよ」

「わかっています。先輩と2人きりの時にしか言わないので、安心してください」

晴夏はそう言って、こちらを睨《にら》んできた。どうやら俺と月城さんのことを、まだ納得していないようだ。

俺たち3人は2台の車に分乗し、スーパーの駐車場にやって来た。まずは新しい車を手に入れなければ。

　バックヤードに転がっているゾンビたちから入手した鍵を使い、駐車場にある車にエンジンをかけて回ると、ガソリンがほぼ満タンの青いセダンを見つけた。これをもらっていくことにしよう。

　その後、停電で作動しなくなった自動ドアをこじ開けてスーパーに入り、電池式の灯《あか》りを探す。

　店内をくまなく歩いた結果、懐中電灯やランタンの他に、人感センサーがついたライトを何種類か発見した。これを門のところに取り付ければ、夜の見張りが少しは楽になるだろう。

　それらの照明器具を車に詰め込んでいると、月城《つきしろ》さんが恥ずかしそうにうつむいていることに気づいた。

「月城さん……？」

「……すみません。そろそろ６時間が経《た》ったので……」

「あっ……はい……」

「それで……ここでするのは恥ずかしいので、できれば車の中で……」

「わかりました」

　俺たちは手に入れたばかりのセダンに乗り込み、ドアを閉めた。

運転席から身を乗り出し、助手席にいる月城さんに口づける。

そして車外にいる晴夏《はるか》に睨《にら》まれながら、唾液を送り込み始めた。

すると、これまではほとんど動かなかった月城さんの舌が、歯の隙間からこちらの領土に侵入してきた。

口内を這《は》い回《まわ》り、唾液を舐《な》め取っていく。

……ヤバい。なんか興奮してきた。

これは医療行為なのだと自分に言い聞かせるが、体温の上昇は止《と》められない。

背徳的な快楽に支配されそうになるが、何とか理性を保ち続ける。

今回のキスは3分ほどで終わらせた。唇を離し、深呼吸をくり返しながら車外に出る。

店内に戻った俺たちは、カセットコンロとカセットボンベを手に入れた。さらに、冷凍コーナーから解凍されかけている食料品を取り出し、車に運び込んでいく。

物資調達は、ここでいったん終了。寮に戻って昼食を摂《と》った後、建物内にライトを設置して回った。

やがて夕方が近づき、ドラム缶風呂に入りに河原《かわら》へと向かった。今日はカセットコンロと鍋を5個ずつ持ってきたので、昨日より早く大量のお湯を作れるはずだ。

各自が水着に着替え、お湯が沸くのを待っている最中、またしても前回のキスから6時間が経過した。

俺と月城《つきしろ》さんは水着のまま密着し、河原《かわら》で夕日を眺めながらキスを交わした。胸の感触がほぼダイレクトに伝わってきて、下半身が反応しないようにするのが大変だった。

さらにその日の夜。寝室に移動した俺と月城さんは、寝る前にキスを交わすことになった。重力を活用した方が唾液を送り込みやすいかと思い、ベッドに仰向《あおむ》けになった月城さんに口づける。

「──あー!! もう限界です!! 1日に何度もちゅっちゅちゅっちゅして!!」

月城さんとのキスを終えたところで突然、晴夏《はるか》が叫んだ。

「しかも車内とか夕方の河原とかベッドの中とか!! いろいろなシチュエーションで!! 羨ましいんですよ!!」

そして一気に距離を詰め、俺を睨《にら》みながらものすごい要求をしてくる。

「先輩!! わたしにもキスしてください!!」

「いや、ダメに決まっているだろ」

「ダメじゃないです! 唾液の交換をしなければ問題ないんですから!」

「もしゾンビウイルスが移ったら、どうするんだ」

「わたし、先輩とキスしてゾンビになるんだったら、受け入れます!」

「メチャクチャなことを言うなよ……」

呆《あき》れつつも、これ以上晴夏の気持ちを蔑《ないがし》ろにするのは危険だと感じた。

2人で寝室を出て、屋上へと移動する。ここなら他の人に気を遣う必要がないからな。

「……晴夏、そんなに俺とキスがしたいのか？」

「──はい」

晴夏は覚悟を決めた表情で、まっすぐに俺を見据えた。

「……わかった。じゃあ、キスをしよう」

「──っ！　いいんですか？」

「ああ。ただし、もし晴夏がゾンビになって自我を失ったら、ここから追い出すことになるぞ」

「覚悟はできています」

「そうか。……ちなみに、晴夏が出ていった後も、俺は月城さんと毎日キスし続けるからな？」

当然の事実を伝えただけなのに、晴夏は眉をひそめた。

「それから、実は俺、昨日月城さんに告白されたんだ」

「ええっ⁉」

「今は恋人がいるから返事すらしていないけど、もし晴夏がゾンビ化していなくなったら……わかるよな？」

「そ、そんなの嫌です!!　先輩は死ぬまで喪に服してください!!」

「無理だな。だって月城《つきしろ》さんは、俺がエッチなことができる唯一の相手なんだから」

「む、むぅ……!!」

「さぁ、というわけで、キスしようか」

俺が1歩近づくと、晴夏《はるか》は両手で唇を覆った。

「先輩、そんな言い方はズルいです。月城先輩とくっつく可能性があるなんて言われたら、どんな手を使ってでも阻止したくなっちゃうじゃないですか」

「ゾンビになってもいいって考えは消えたか？」

「それどころか、泥水を啜《すす》ってでも生き延びてやろうと思いました。先輩がわたし以外の女性と幸せになるなんて、絶対に許せません」

生きる目的が後ろ向きすぎて怖い。

「とはいえ、泥水は啜らなくてもいいようにするから、安心してくれ。……晴夏のことは、俺が一生守るから」

「──っ!?　一生ですか!?」

「ゾンビ世界なんだから、必然的にそうなるだろ」

「それはそうなんですが……　一生か～……えへへ」

晴夏はニヤニヤ笑いを浮かべている。どうやら、機嫌は直ったようだ。

「わかりました。今後もよろしくお願いしますね。

ただ……1つだけお願いがあります。今後も先輩が月城先輩とキスし続けるというのは、わたしにとって拷問みたいなものなんです。だから、月城先輩にキスしなくてもゾンビ化しなくなる方法を見つけてください」

「それは、月城さんの体内にあるゾンビウイルスを殺す方法を見つけろってことか？」

「そうですね。ゾンビになる仕組みを解き明かして、ワクチンを作りましょう」

「さすがにハードルが高すぎるだろ……」

「じゃあお願いじゃなく、命令にします。月城先輩にキスしなくても良くなる方法を見つけなさい」

　晴夏はそう言って、俺を睨《にら》みつけてくる。

　ゾンビ世界で俺は最強だけど、この子には勝てないと思った。

5日目

翌日の夜明け前。誰かがベッドの中に入ってくる気配を感じて目を覚ました。

「……幸坂《こうさか》さん、すみません。もうすぐ4時なので……」

月城《つきしろ》さんの声だった。昨日は22時にキスして寝たので、朝になる前にいったん補給しなければいけないわけだ。

俺は起き上がろうとしたが、月城さんに制される。

「……今回は、私が上がいいです」

「――えっ？」

「ふふっ。せっかくですから、いろいろなシチュエーションを試してみたいなと思いまして」

次の瞬間、のしかかってきた月城さんに、唇を奪われた。

歯の隙間から入ってきた舌に、口内の唾液を舐《な》め取られる。

ヤバい。下半身が反応してしまう――

「……幸坂《こうさか》さん。何か硬いものが当たっているんですが……」

唇を離した月城《つきしろ》さんが、下の方に視線を向けた。

「す、すみません……!!」

「もしかして、私とのキスで興奮しちゃったんですか?」

月城さんは耳元でささやき、抱きついてきた。

「……幸坂さん。実は私、昨夜《ゆうべ》のお2人の会話を聞いてしまったんです」

「会話……?」

「幸坂さん、こう言っていましたよね。『月城さんは、俺がエッチなことができる唯一の相手なんだ』って」

「っ!! いや、アレは、晴夏《はるか》を説得するために仕方なく――」

「でも、話した内容は事実ですよね?」

「そ、それは……」

「もしも幸坂さんが望むなら、私……」

月城さんはそう言って、俺の胸元に額を押しつけてきた。

「……どうしますか?」

「ど、どうするって……」

予想外の展開すぎる。まさか月城さんがこんなことを言ってくるなんて……。

どうやら俺が勝てない女性は、晴夏だけではないようだ。

あとがき

5年ほど前からゾンビを題材にしたラブコメを書きたいと思っていたんですが、『ラノベでゾンビものは売れない』という定説をよく聞くので、諦めていました。

しかし昨年ついに我慢できなくなり、勢いに任せて企画書を送りつけたところ、すんなり通って驚きました。もしかすると、前作『お嫁さんにしたいコンテスト1位の後輩に弱みを握られた』がとても好評だったおかげかもしれません。やはり弱みを握ってくる後輩は正義。

こんにちは、文章担当の岩波零《いわなみりょう》です。後輩の女の子がほしすぎて昨年からゲーム会社で働きはじめたんですが、フルリモートなので同僚と絡む機会が一切なく、絶望しております。

そんな私のために、TwinBox様が素晴らしいイラストを描いてくださいました。カラーもモノクロもすべて完璧で、私は毎日イラストに向かって手を合わせております。生きてて良かった……!!

さらに今回、有償特典のB2タペストリー用に、カラーイラストを3枚、描き下ろしていただきました。

メロンブックス様用には、71ページの『磨《す》りガラス越しに裸を見せてくれる日向《ひゅうが》さん』を。

とらのあな様用には、246ページの『苦しみながらキスを求めてくる月城《つきしろ》さん』を。

ゲーマーズ様用には『廃墟で着替え中の星宮《ほしみや》さんと遭遇したところ』を描いてもらいましたが、作中にそんなシーンはありません。ただ私が見たかっただけです。

タペストリーは売り切れている可能性もありますが、ぜひ検索して、美麗なイラストをご確認ください。

最後に、ここまで読んでくださったすべての読者様に、最大限の感謝を申し上げます。本当にありがとうございました。

私はエゴサ大好き人間なので、ツイッターなどでプラスの感想をつぶやいていただけると非常に嬉《うれ》しいです。マイナスの感想は読むとヘコむので、できればご遠慮いただけると幸いです……。

感想を書き込む際はどこかに『ゾンビ世界で俺は最強だけど、この子には勝てない』とタイトルを入れていただけると、見つけやすいので助かります。

それでは、２巻を出せるかどうかは1巻の売り上げ次第なのですが、またお会いできることを全力で願っております!!

２０２２年12月　岩波零

MF文庫J

ゾンビ世界で俺は最強だけど、この子には勝てない

2023年 1月 25日　初版発行

著者　岩波零

発行者　山下直久

発行　株式会社 KADOKAWA
〒102-8177 東京都千代田区富士見 2-13-3
0570-002-301（ナビダイヤル）

印刷　株式会社広済堂ネクスト

製本　株式会社広済堂ネクスト

Printed in Japan　ISBN 978-4-04-682112-6 C0193

◇◇◇

【 ファンレター、作品のご感想をお待ちしています 】
〒102-0071 東京都千代田区富士見2-13-12
株式会社KADOKAWA　MF文庫J編集部気付「岩波零先生」係　「TwinBox先生」係